不如归

经典之作 名家译本

〔日〕德富芦花——著

于雷——译

人民文学出版社
PEOPLE'S LITERATURE PUBLISHING HOUSE

图书在版编目(CIP)数据

不如归/(日)德富芦花著;于雷译.—北京:
人民文学出版社,2017
(日本中篇经典)
ISBN 978-7-02-012327-8

Ⅰ.①不… Ⅱ.①德… ②于… Ⅲ.①中篇小说-日本-近代 Ⅳ.①I313.44

中国版本图书馆 CIP 数据核字(2017)第 022252 号

责任编辑 **朱卫净 王皎娇**
装帧设计 **汪佳诗**

出版发行 **人民文学出版社**
社　　址 **北京市朝内大街 166 号**
邮政编码 **100705**
网　　址 **http://www.rw-cn.com**

印　　刷 **山东临沂新华印刷物流集团**
经　　销 **全国新华书店等**

字　　数 **135 千字**
开　　本 **850×1168 毫米 1/32**
印　　张 **9**
版　　次 **2017 年 4 月北京第 1 版**
印　　次 **2017 年 4 月第 1 次印刷**

书　　号 **978-7-02-012327-8**
定　　价 **45.00 元**

如有印装质量问题,请与本社图书销售中心调换。电话:010-65233595

目录

写在《不如归》一百版首卷

《不如归》发排第一百版，趁校对之机，重读旧作。这是一篇幼稚的小说。如果写写纯朴的童话故事，倒也好些；然而，这里为了使场面热闹起来，硬凑了千千岩和山木之间廉价的戏剧性场面，画蛇添足地写了小川某女，等等，要挑毛病，那是不胜枚举的。即使面对第一百版的欢呼声，我也还是想改得再好些。然而，事到如今，重写又大不易，终于，只作了校勘。

十年后重读，蓦然想起了一件往事。那是这部小说孕育成熟的一天晚上，已经是十二年前的事了。当时我在相州逗子的“柳屋”租了个房间住下。有一名妇女病后休养，带一名儿童前来投宿。恰是盛夏溽暑，所有旅店无不客满。我不忍看他们走投无路，经与妻子磋商，把我们租来的十六平米的两间小屋，暂借一间给他们住下。夏天嘛，间壁也徒具形式，无非薄帘一张而已。风也穿堂过，话也听得清，一月间就处得很熟了。她是个三十四五岁受过苦的人（并非《不如归》中的小川某女），擅于述说情深意浓的故事。虽是夏季，日暮之后，阴云四起，在那宁静的夜晚，男孩已经出去玩耍，剩下这位妇女、我和我的妻子便一同闲聊。忽而，女人讲了一段那么令人酸鼻的见闻。那是“浪子”的故事。当时已家喻户晓，而我却初次听说。诸如浪子因患肺结核被迫离婚，武男十分悲伤，片冈中将怒接亲女，为病女新盖静养室，带浪子漫游京阪，终生留念，以及川岛家赠送的花束咸被掷还，等等，只这些是事实。那女人边呜咽，边侃侃而谈。我倚在佛龛前的立柱上呆呆地听着。妻子低着头，不知不觉太阳落了，古老的乡间小屋，室内昏黄，只有讲故事人的睡衣白花花的。她叙过浪子弥留之际的悲伤后，说：“听说浪子是这么讲的：‘再也不生为女人！’”那女人说罢，终于唏嘘不已，谈话结束了。一股冷气，闪电般从我的脊骨掠过。

这女人不久恢复健康，这一夕谈话留作谢礼，她回京去了。逗子之秋，变得冷清，而那女人谈话留下的印象却永不消逝。大浪朝夕，传送悲声。伫立在肃杀秋色下的海滨，那不在人世的人，身影却浮现在眼前。过度哀怜，凝成苦痛，不设法排解是不成的了。于是，在谈话的骨骼上信手补些血肉，便草就一篇不成熟的小说，发表在《国民新闻》，其后又做为单行本，由民友社出版，这便是本篇《不如归》。

再，《不如归》的瑕疵，乃笔者才疏所致。尽管如此，仍能引起读者的共鸣，这是因为浪子本人在逗子夏夜，借那位妇女之口，向读者诸君亲自倾诉的效果。总之，笔者充其量不过当了传声筒罢了。

明治四十二年二月二日

于昔日武藏野、今日东京府、

北萨摩郡千岁村粕谷里

德富健次郎志[1]

---

① 德富芦花原名德富健次郎。

主要人物表

浪　子：武男之妻，中将片冈毅之长女

武　男：浪子之夫，川岛庆子之子，海军中尉

片冈毅：子爵，陆军中将

繁　子：片冈中将之后妻

庆　子：川岛寡妇，武男之母

加藤子爵夫人：浪子之姨母，片冈中将前妻之妹

千千岩安彦：川岛寡妇之家侄，少尉

山木兵造：商人

几　妈：片冈家之女仆

上卷

一、夜来香[①]

1

上州[②]伊香保镇[③]千明旅馆的三楼，纸格窗开了。一位少妇在眺望夕阳景色。她年约十八九岁，挽着个标致的发髻，穿一件银白色碎花绉绸罩衣，草绿色的纽扣。

清容洁白，蛾眉微蹙，腮边似乎消瘦；若说有瑕，这倒也算是美中不足。然而，她风姿绰约，举止典雅，性格娴淑。可以这样评定：这位少妇既不是朔风中凌空傲立的梅花一朵，也不是烟春里疑似蝴蝶翻飞的樱花一枝，而是夏日暮霭中清幽怡人的夜来香。

春日的金乌西坠了。远方的日光、足尾、越后[④]等边境上的群山，近处的小野子、子持、赤城[⑤]等峰峦，抹上了落

① 小标题系译者所加，下同。

② 日本古时上野国的别称。

③ 日本群马县榛名山山腹的温泉地。

④ 日光山在栃木县日光市的火山群。足尾是栃木县上都贺群的铜山。越后，日本古国名，今日新潟县。

⑤ 群马县前桥市北部的复式死火山。

日的余晖，织出了绚丽的晚霞。于是，下方的乌鸦别了孤朴树枝头，戛然长鸣而去。当乌鸦的叫声也染成了金色时，两叶浮云从赤城山的背后悠然升起，三楼的少妇不由得凝神呆望。

那云，足够双手搂抱，水泛泛，娇滴滴，缓缓地辞别了赤城山顶，在一望无垠的太空中，像两只金色的蝴蝶比翼齐飞，幽闲地向足尾山飘去。少顷，夕阳西下，暮色苍茫，寒风瑟瑟。两叶浮云褪为蔷薇色，被风吹散，上下分飞。但见云儿在夜色渐浓的长空纷纷道别。霎那间，下面的那朵云渐渐缩小，不知不觉消失得片影无存。于是，剩下那一朵云，又褪为灰色，在空中徘徊，若隐若现。

终于，不论远山或长空，无不一片昏暗；夜幕中，惟有三楼少妇的脸，留下了一点点皎洁。

2

"小姐……唉呀，这可怎么好，又说走嘴了。嘀嘀……噢，夫人！我回来啦。哟，漆黑。夫人，您在哪儿？"

"嘿嘿……在这儿哪。"

"唉呀！在哪儿？快请回房，会受风寒的呀！老爷还没有回府吗？”

“谁知是怎么啦，”少妇边拉开纸格门进屋，边说，“不妨传话给下边，派人迎接。”

“这就对了。”她边说边摸索着擦燃了火柴，掌起灯来。只见她是年约半百的老妇。

这时，楼梯声响，旅馆的侍女走上楼来。

“噢，恕我冒昧。老爷也太慢条斯理了……噢，刚刚打发小伙计迎接老爷去啦。老爷就要回府了吧？有信……”

“啊，父亲的来信。快点回来多好呢。”挽发少妇无限怀念地启封读信。

“将军大人的来信……真想快点拜读。嗬嗬……一定又讲了些有趣的事吧？”

侍女推开窗扇，在火炉里添了木炭，然后退下。老妇将一包裹收进壁橱，隔了一会儿走上前来。

“天气真够凉的，和东京大不相同啦。”

“五月里樱花才开哪！几妈，您再靠近我一些。”

“谢谢，”老妇边说边盯住少妇的脸，“真像做梦哪！看您挽了这样的发髻，端端地坐着，几妈几乎不敢相信这就是我拉扯大的那位小姐。老夫人去世的时候，我背着您，您哭喊着‘妈妈’，一切都像在眼前似的。”几妈热泪纵横地说：“当您坐上花轿的时候，我还想：倘若老妇人在世，看您那么俊俏的模样，不知该多么高兴呢。”几妈拖出衬衣袖子拭泪。

少妇似乎也为之所动，垂下头来。只有烤火的左手手指上的指环，灿烂得金光照人。

片刻，几妈抬起头来。“请原谅，我又提起这些事了。唉哟，人一老，就变得唠哩唠叨的。噢，嘀嘀……小姐，不，夫人！您从前一切都够苦的啦，总算坚强地熬了过来。瞧好吧！往后呀，一色是喜兴事儿啦！老爷又是那么一位和气的人……”

“老爷回来啦！”楼梯口传来了侍女的语声。

3

“啊，好累，好累！”

一名二十二三岁的西装男子，脱下草履，对迎接的二人微微地颔首致意，跨上了檐廊，又回头瞟了一眼手提灯笼的少年，说：

“噢，辛苦，辛苦！那束花，麻烦您，用温水生上吧！”

“哟，真美！”

“真的，啊，是美丽的杜鹃花呀！老爷，您是从哪儿采来的呀？”

“美吧？嗬，还有黄色的哪，叶子好像‘千年红’①，我是想求浪子明天早晨给生上才采来的……喂，我立刻去洗个澡吧！”

“老爷可真活泼！到底是军人，与众不同呀，夫人！”

夫人将叠好了的外衣轻轻地吻了一下，挂在衣架上，只是微微一笑，却不做声。

噔噔噔踏上楼梯的脚步声在纸格窗外停了。“啊，真痛快！”刚才的那位少年又跨了进来。

“哎呀，老爷，您已经上楼啦？”

“男子汉嘛！啊，哈哈哈……”老爷爽朗地大笑。夫人羞怯地给他披上了和服棉袍。老爷说了声“不客气啦”，便在坐垫上盘腿大坐，双手托腮。他那剪平发的头胖得像个栗

---

① 学名石楠，蔷薇科植物。

子虫似的；风吹日晒的脸如同熟透了的鲜桃。浓眉亮眼，虽然鼻下稀疏的小胡像些毛虫，但不知什么地方总还保有些少小时的稚气，真是个女人值得投之以微笑的男子汉。

“您看，有信！”

“啊，岳父写来的吧？”

武男整装端坐，拆开信封，取出信笺，只见另附一纸。

“这是给浪子的……嗯，显得还很硬朗……哈哈哈，又说了些诙谐语……如闻其声啊！”武男含笑读罢，将信卷起，置于身旁。

“问候你。告诉说：‘由于换了环境，要善自珍摄，勿使宿疾复发。’”浪子回顾送来馔肴的老妇说。

“啊，是呀，多谢了。”

“喂，开饭，开饭！今天仅仅吃了两个饭团，足足走了一天，肚子饿极啦……哈哈哈，这是什么鱼？又不是油香鱼……”

“叫什么大马哈鱼……是吧，几妈？”

“是吗？香，太香啦。再来一碗饭！”

“嘿嘿……少爷。”

“就是嘛。今天从榛名山①到相马岳②，又爬了两座山，到了‘屏风岩’下，和迎接的人相遇了。”

“走了那么多的路？”

“不过，在相马岳远眺，太美啦，真想叫浪子也开开眼。一边是茫茫的平野，利根川③在遥远的天际奔流；另一边就是所谓的重峦叠嶂。站在山顶，遥望富士山，只有那么一点点，妙极啦。若是引吭高歌，真想和谁比个高低哪！啊哈哈哈……喂，再来一碗！”

“景致那么美呀，真想去看看。”

“嘿嘿……浪子若能爬上去，赐给你金鸱勋章。那些险峻的大山呐。悬下十几根铁锁，要顺着它爬哪。我们这些男人是在江田岛练就的体魄。即使现在突然下令，不论是桅杆还是绳索，都能抓得牢，满不在乎。像浪子者流，怕是连东京的泥土都不曾踏过哩！”

“呀，多嘴！”浪子笑微微的，脸儿羞得通红说，“我在

---

① 位于群马县中部。

② 位于福岛县相马市。

③ 贯穿群马、栃木、埼玉、茨城、千叶五县，注入太平洋。

学校里也做过体操呀。”

“嘿嘿……贵族学校的体操，可真拿它没办法。是呀，是呀，那是什么时候啦，我曾去参观，又是提琴，又是什么，呜呜哇哇地响；同时，唱起《环球的国家》之类的歌。女学生们都拿着扇子，忽而踮脚，忽而弓身，忽而旋转。我还以为是练习舞蹈哪，可，那就是体操啊！哈哈哈……”

“唉，嘴真刻薄。”

“是啊，是啊。那时候，有个人和山木家的姑娘挨着肩，挽了个抓髻，在嘀咕些什么。穿一件紫红色裙裤，大模大样，在翩翩起舞哪。那一位，就是浪子小姐哟！”

“哈哈……又嚼舌头。你认识那位山木小姐？”

“山木是亡父一手照料的，现在也还往来无间哪！哈哈……浪子输了，所以，一言不发啦。”

“胡说！”

“噢，嘀嘀嘀……小两口这么吵嘴可不行。喂，喂，这可是友好茶哟！”

二、花溅泪

1

前回暂且称为壮士者，乃男爵海军少尉，名叫川岛武男。如今，经媒妁之言，和名震海内的子爵、陆军中将片冈毅的长女浪子小姐已行合卺之礼，这刚刚是上个月的事。如今，他请了个短假，带着新娘和从新娘家跟来的几妈，在四五天以前来到了伊香保。

浪子八岁丧母。因为才八岁，母亲的音容，已经依稀难辨，但还记得母亲总是面带笑容。弥留之际，将浪子叫到病榻，瘦弱的手紧紧握住浪子的手说："浪子！妈妈要到很远的地方去了。你一定要听话，悉心伺奉爸爸，爱护阿驹呀。再过五六年……"说着，泪飞如雨，"妈妈死后，你能想起我来吗？"浪子如今已经是乌发垂肩。可是那时，还是剪的齐额短发，乌发密密层层。妈妈一遍又一遍地摩挲。这些事，深深地刻在浪子的心版，令她永志不忘。

过了一年，来了这位现在的母亲。从此以后，万事都天翻地覆。原来的生身母亲出身于名门武士之家，诸事万般，无不彬彬有礼。虽然如此，也常听女仆们说："像她们那样的好夫妻实在罕见。"继母也是出身于名门武士之家，但是，早年去英国留学，沾染欧风，甚于男性。于是，万事都与从前大变，实行彻底革新。仿佛一切都是为了消除浪子对生身母亲的怀念与记忆。她对父亲也事事都毫不顾忌地大说大讲。父亲只是笑笑，当作耳旁风，常说："好啦，好啦，我认输，我认输。"有一次，父亲和一位很对性的难波副官夜饮，后母竟也莅席。父亲白了一眼后母，哈哈大笑，说："喂，难波君！且不可娶个有学问的妻子哟！会叫你大吃苦头的呀！哈哈哈……"即使聪明的难波先生，在妈妈面前也不知如何周旋才是，只得百无聊赖地频频举杯。其后，他苦口婆心地恳求自己的夫人，不要女儿们多读书，读到高小毕业足够了。

浪子自幼娴淑过人，而且异常聪颖。虽无"香炉峰雪"①的诗才，但自三岁抱在乳母怀里，每当送客到门时，能亲自取帽，给爸爸戴在头上，这点机灵劲儿，还是有的。

① 白居易诗，咏江西九江香炉山上的雪景，日本用以喻诗才。

浪子自幼培育的童心，好比春天里的嫩芽，纵使一度雪打霜欺，只要不是横遭践踏，只待冰雪消融，自会郁郁葱葱。永别慈母的浪子，其悲伤虽然深沉得不像个孩子，但后来，如有阳光照抚，也会茁壮成长的。后母梳着西式发型，靠近些，会被香水味熏得头晕；有点吊眼梢，嘴很大，浪子初次相见时，的确有些畏缩不前。但，温顺的浪子对这样的继母也还心向往之。而继母却蓄意离间，将依依膝下的浪子推开。一个不通情理的人，加上炫耀学识、胡乱猜疑和妒嫉，竟对八九岁的可爱女孩，视如早有心数的成人与之作对。于是，浪子无依无靠，冰冷与凄凉，沁彻心魂。啊！得不到爱，多么不幸！爱不得，则更加不幸。浪子虽有母亲，却不许她爱，虽有小妹，却不许她亲。虽有父亲、几妈和姨母，然而，不管怎么说，姨母是外姓人，几妈是奴仆之身，何况，只要被继母盯上，哪怕稍微待得好些或是接受好意，都会画虎不成反类犬的。惟有父亲，浑身是爱。然而，即使身为中将的父亲，在继母面前也有所顾忌。思量起来，这也是父亲慈爱表现之一。因此，在继母面前，父亲不得不对她申斥几句，背地里却言语少而怜爱深。父亲的一颗不被理解的心，聪慧的浪子十分体谅。“啊！真高兴，感恩不尽，为了父亲，粉身碎骨，也在所不辞。”她虽然满心这样想，但是，假如表现得太露骨，继母会认为是侵犯了她的领域，从而翻脸。这太痛苦了。然而，假如寡言少语，不露声色，惹人注意，撙节有礼，反而会被骂为心机叵测的蠢货，这又太可悲。时而稍有差错，继母便以长州腔滔滔不绝地大肆宣讲从英国进口的逻辑学，不仅对浪子，就连浪子的亡母，也毫不掩饰地予以讥讽。浪子实在委屈。可是，紧闭的双唇刚刚将启，忽见檐廊中父亲的身影忽地闪现，她便又闭口。有时被过分地胡乱猜忌，浪子就躲在窗帘后哭诉道：“妈妈也太过分了！”问她有父亲吗？有，有慈爱的父亲。然而，家庭对于全世界的女儿来说，五个爸爸也抵不上一名母亲。在如此母亲的管教下，过上十年，棱角也该平了，青春的红润也该褪了。夫人常常咒骂道：“真的，那丫头没有半点灵气，是个死心眼儿的人。”

啊，不论栽在泥钵中，还是栽在高丽、交趾的瓷盆里，花，毕竟是花，总要等待着阳光抚照。而浪子，真是一棵阴湿地方的小花哟！

且说，今番与川岛家定亲，一旦乘上花轿，浪子也就安定；不论父亲川岛中将和继母、姨母、几妈，也就全都心安神稳了。

“夫人（指浪子的继母）自己爱穿戴，可是给小姐净买些难看的、素气的衣裳。”几妈总是嘟嘟囔囔。老妇悲其妆奁寒微，流着泪一再地说：“若是前夫人还在，何至于此……”但浪子却急于跨出这个家门。她从未体尝过的自由与快乐就等在前面。这，对于她告别父亲时的悲伤，倒也聊可慰藉。于是，她匆匆登程了。

三、采蕨行

1

自伊香保至水泽的观音寺，约一里许。一条小路九曲十弯，像一条长蛇，缠绕在秃山的腰部。只有两处，需在山豁的深谷中降而复升。余则尽是坦途，闭上眼睛也不会走错。望山下，赤城至上毛平野一览无余。看这边，一片草原，每逢春来，荒火烧过的土地上，萌起千娇万媚的芭茅、胡枝子、桔梗、黄花龙芽等嫩苗，宛如铺了一层绒毯。美丽的鲜花在绒毯上盛开。戴棉帽的紫萁，细长的蕨菜，遍处亭亭玉立。来此一游，会感到春光太短。

武男夫妇说要趁今日快晴，外出采薇，吃过午饭，便带领几妈和客舍的一名侍女来了。由于采蕨心急，有些疲倦，便命侍女将带来的毛巾铺在草地的最柔软处，武男脱鞋躺下。浪子也脱了麻里草履，用桃红色手帕擦了两三下膝盖，轻盈落坐。

“噢，真柔软，有点不忍心呢！”

“嘀嘀嘀，小姐……哟，又说走了嘴。请原谅，夫人面色很好。而且，唱了那么多的歌，真是多年没有过啰！”几妈高兴地瞧着浪子的脸。

“唱得太多，嗓子有点干了。”

“可，没有带来茶水呀……”女仆解开包袱，拿出酸橙、成袋的点心和盒装的饭卷，等等。

“没关系！有这些，用不着喝茶。”武男说着，从衣袋里取出小刀，边剥酸橙边说：

“怎么样，浪妹子，我的本事吓你一大跳吧？”

“说那种话！”

这时，侍女说：“老爷采来的蕨菜里掺了不少杪椤哪！”

“胡说！你是不肯服输啊！哈哈哈……今天真高兴。天气多好啊！”

“多么晴朗，瓦蓝瓦蓝的，真想裁下来做一件窄袖便服哪。”

“做一套水兵服就更妙啦。”

“噢，好香！是山野花草的芬芳吧？啊，云雀在歌唱哪。”

“喂，给我点饭卷吃，肚子饿了，再去采些来吧，嗯？

丫头！”几妈催促旅馆的使女又去采蕨了。

“不给我留下点，都采光可不行哟！多硬朗的老妈妈！是吧，浪妹？”

“真够硬朗的。”

“浪妹，累了吧？”

“不，今天一点也不累。我第一次这么高兴！”

“远洋航行，见过无数美景；但是，站在如此高山之巅，极目远眺，还是头一次哪！真够心旷神怡的了。喂，左边有一道白墙在闪闪发光吧？那是涉川①，是临来时和阿浪一同吃过午饭的地方；再近些，像一条碧绿色的缎带，那是利根川，号称关东太郎②。看不见吧？其次，是赤城山。那飞烟直下的地方，看哪，看哪，望见烟雾了吧？下方像个什么活物在蠕动，那就是前桥。什么？远处像一根银针似的那个？是啊，是啊，那也是利根川的河流。啊，再远些，一片模糊，什么都不见了。浪妹，带来望远镜多好啊！不过，云雾濛濛，看不太远，说不定反倒没趣哩！”

---

① 位于群马县。

② 利根川的别名，意为关东第一大河。

浪子悄悄地将手抚在武男的膝上，叹息道：

“但愿我俩永远这样在一起！”

两只粉蝶从浪子的袖边掠过，上下翻飞，远了。刚听踏草的履声窸窣，一个戴帽的人已经坐在这对小夫妻的面前。

“武男君！”

“啊，千千岩君！怎么到这儿来了……”

2

来客二十六七岁，身着陆军中尉军官服，在行伍当中算是个罕见的白面男儿，遗憾的是唇边总像挂着几丝卑俗气。锐利的双目犹如乌黑的水晶，但被这目光盯住，总给人以不快之感，真是糟糕。此人乃武男的表兄千千岩安彦。当时虽是参谋总部的下级官员，却是一个赫赫有名的干练之才。

“贸然来访，受惊了吧？是这样的。昨天因事宿在高崎。今朝来到涉川，听说伊香保就在咫尺之地，便来此一游。到了客舍，又听说你二位正在这儿采蕨游乐，这才循路问津了。不过，明天必须登程。是不是打扰了你们？哈哈哈……”

"胡说……其后，你去过我家吗？"

"昨天早晨去过，姑母很健康。不过，听说你们即将归省，总是擦眼抹泪的哪。赤坂那边，也一向安好。"千千岩说着，他那双水晶般的眼睛死死地盯住浪子的脸。浪子本就羞赧的粉面刷地红了，便低下头去。

"嘿，援兵已到，常胜不败！只要陆海二军齐心协力，娘子军纵有精兵百万，也不足惧了。嘿，适才这些女人欺负咱家一人，什么蕨菜采得太少啦，采来的并不是蕨菜啦，恶言恶语，咱家正招架不住哪！"武男用下颏指点着走上前来的几妈和侍女。

"哟！千千岩少爷！哪股风把您给吹来啦？"几妈略带惊色地说，鼻翅上堆积着皱纹。

"我刚才收了电报，有人呼救嘛！"

"嘿嘿嘿……又说笑话。啊，是呀，嘿，明天回去。嘿嘿，提起回府，噢，夫人，晚餐已经准备好，我们先走一步啦！"

"嗯，可以，可以。千千岩君大驾光临，必须盛宴款待才是。为此才要留点肚子哪！哈……喂，浪妹也走？嗨，在这儿不好吗？因为孤军绝援，只好逃走嘛。放心吧，绝不会欺负你的。啊哈哈哈……”

浪子既被挽留，几妈和女仆便理好蕨菜包上路了。

剩下三人，又去采了一会儿蕨菜。有谁提议，既然日影还高，莫如前去参拜水泽的观音菩萨。因此又回到刚才采蕨的地方，歇息片刻，登上归程。

夕阳从物闻山山头发出绚丽的光焰；大路两侧的草原一片金黄，路旁的孤松投下了修长的身影。举目四眺，远山静寂，沐浴着晚霞，山麓处处升起袅袅炊烟；远方走着驮草的牛儿，吆喝声，哞儿哞儿的叫声响彻云天。

武男和千千岩并肩边走边谈，浪子跟在后边。三人徐步而行，刚刚跨过沟壑，又爬过山岗，踏上了夕阳涂彩的黄昏之路。

武男突然驻步。

“啊，糟糕！忘了拿手杖。咳，就忘在刚才休息过的地方。等我一会儿，我跑一趟去取。喂，阿浪等我吧！不远，我全速奔驰。”武男硬是留下浪子，将手绢包着的蕨菜放在草地上，疾步飞下山岗，不见了。

3

武男去后，浪子和千千岩六尺之隔，悄然伫立。武男倏忽间跨过山谷，登上山岗，身影越来越小。待他再攀上一个山岗时，便不见了。

“浪子！”

浪子正眺望远天，忽听耳边响起呼唤声，不由得打个冷战。

“浪子！”说着，千千岩又挨近些。

浪子退了两三步，万般无奈，才抬起头来。但是在千千岩那双乌黑水晶般的双目威逼下，又扭过头去。

“恭喜你！”

浪子无言，忽地红到耳根。

“恭喜，恭喜！不过，也还有个喜不临门的人吧！嘻嘻……”

浪子低头，抚弄着粉红色的伞把，不住地掘着草根。

“浪子！”

此刻，她宛如被毒蛇缠身，不得不扬起头来。

“什么事？”

“爵位加金钱，到底是好东西呀！嘻嘻……噢，恭喜。”

“您说些什么？”

“嘻……只要是贵族，又有钱，即使蠢材也有人嫁他。如果没有钱，不论爱得怎么深，连口唾沫也淋不上，这就是当今的高贵小姐！嘻嘻……浪子可不是这样的人吧？”

不愧是浪子，她面色如土，狠狠地盯住千千岩：

“说些什么！真真失礼。试请当着武男的面重说一遍。放肆！你不像个男子汉，不尊父言，就给女方写起极其下流的情书……今后，可绝不留情。”

“什么？”千千岩前额变得阴黑，咬着嘴唇，又靠近一两步。突然，脚下响起了马嘶声，隔着山岗可以望见马背上骑者的上半身。

“驾，驾……冒犯啦。驾，驾……”

坐骑上是一位六旬上下的老汉。他边解蒙头巾，对二人的表情，十分诧异，边频频回首，策马而去。

千千岩站住不动，额上的青筋微微突起，咬紧了的唇边泛起微笑。

“嘻嘻……如果成了负担，那就还给我吧！”

“还你什么？”

“还什么？这是什么话！就是你不喜欢的东西。”

“没有。”

“为什么没有？”

“污秽之物，早已付之一炬！”

“越来越凶了。肯定没人见过吗？”

“没有。”

“到了最后关头啦。”

“放肆！”浪子忿恨的目光，遭到千千岩乌黑双睛的凶猛回击。她受不住这烦恼，暗暗地打战，将视线移向远方。恰在这时，隔着山谷，只见对面山坡上闪现武男的身影，脸儿宛如一粒红枣，在夕阳下熠熠发光。

浪子这才放下心来。

“浪子！”

千千岩寸步不让地紧紧追逐着浪子背着他滴溜溜转动的眼睛，说：

“浪子，听我说！不论是对武男，还是对二老，要保密，一切要保密！否则，你会后悔的。”他电火般的目光射在浪子的面上，又转过身去，弯腰采起野花。

皮靴声更响了。武男边挥舞着手杖边攀上山岗。

“对不起，对不起。啊，难受，一口气跑个来回。但是，手杖，找到啦……阿浪，你怎么啦？脸色这么不好。”

千千岩边将刚刚采来的紫花地丁插在绶带上，边说：

“噢，浪子嘛，因为你去了多时，怕你迷失了方向，非常担心哪！哈哈……”

“啊，哈哈……是么。喂，立刻动身吧！”

三人并肩而行，边被路边的草儿牵衣挽留，边向伊香保走去。

四、山木馆

1

下午三时出发的上行列车。二等车厢的一隅，幸而无人，便将赤足伸在座席上，吸卷烟，读报纸。此人便是千千岩安彦。他将报纸狠狠地一摔，骂了声“混账！”卷烟趁说话的工夫从牙缝中脱落。他气愤地一脚踩灭，向窗外吐了一口，蜷曲着身子静默片刻，又吹起口哨，在室内踱了两三周，再回到座席，袖起手来，合上眼睛，两道黑眉拧成了一条线。

千千岩安彦乃一孤儿。父亲是鹿儿岛的地方官，在明治维新的一次战斗中殉国。母亲在安彦六岁那年因虎列拉丧身，当时叫做霍乱。六岁的孤儿便由姑母一手抚养。姑母便是川岛武男的母亲。

姑母对安彦倒也有几分怜爱，而姑父却把他看成累赘。每当武男身穿仙台平纹的和服衫端坐于仪式正席时，千千岩总是穿着小仓产的瘦小布褂被推到末席，缩手缩脚的。他不像武男那样，双亲、财产、地位应有尽有，较早地省悟到必须成为靠自己的拳头和智慧而立足于世的人。他厌恶武男，憎恨姑父。

他看穿了处世之道，竟有明暗两手。他发誓不论在任何情况下，也要寻找捷径前进。多亏靠姑父的荫庇，他进了陆军士官学校。其间，同学们都为考试或为分数而心慌，他却出没于乡绅之家，为攀龙附凤，而审慎地选择可能有利于己者相交。其他同学手里拿着毕业证书唉声叹气，他却早已顺蔓摸瓜，众目睽睽之下，钻进了陆军首脑的总参谋部。其他同学在四处只当了个连队的副职，为练兵与行军而疲于奔命。反之，千千岩却在总参谋部的楼下喷云吐雾，或可听到谈笑间吐露的军机大事，在人人垂涎的位置上筑成了燕雀之巢。

只剩下婚姻大事了。他早已洞晓：猴能饮泉，为其联臂；人能发迹，因有良缘。他虽然并非户吏，却能暗暗细数：某男爵乃某某侯爵之令婿，某伯爵乃某某学士兼高等官之泰山，某富豪乃某某伯爵之义父，某侯爵之儿媳乃某某富翁之千金，等等。如此，他那东寻西望的眼睛盯上了片冈中将府。提起片冈中将，当时虽系待命之官，但骁勇之名，天下尽知，上皇也有所耳闻。此人胸襟开阔，堪称护国干城。千千岩早已看出这位将军潜存于天下的强大势力，借一丝机缘，逐渐靠近，机灵地出入内宅，眼睛立刻盯上了大小姐浪子。一，是因为他很快就觉察中将自然而然地对浪子爱得最深；二，是因为他看得出当今夫人自然而然地疏远浪子，只要有人提亲，巴不得早些嫁出她去；其三，自然也夹杂着对浪子那谦恭谨慎的高贵气质的爱慕之情，于是，便盯上了这位姑娘。看样子，中将是个喜怒不轻易形之于色的大度之人，虽然一时难知他胸中究竟想些什么，但是夫人委实已经对千千岩中意。二小姐名叫驹子，是稍微轻佻些的豆蔻年华少女，已经和千千岩友好。驹子身下还有当今夫人所生的两位公子，这倒不成什么问题。只有老仆几妈，自前夫人在世时便在府上服侍，新夫人下轿后，纵然对后院炊妇进行过人事大更迭，也由于将军有话，只留下她一人。她始终陪伴着浪子，对千千岩缺乏善意，成为绊脚石。但是，这又何妨！只要攻克浪子本人便是。千千岩伺机一载，已经情急难耐。一日饮宴归来，有些醉意，便大胆地写了一封情书，装了两重信封，信皮上模仿女人手迹，通过邮局寄给浪子。

他当天奉命远地公出，三月余方归。他不在期间，由于贵族院议员加藤某作媒，天下之大，浪子偏偏与其表弟刚刚行罢婚礼。意外失误的千千岩心想："令人满意的答复竟是如此这般！"他一气之下，将给浪子买来的礼品——友染产的印花绉绸外衣撕得粉碎，扔进纸篓。

尽管如此，千千岩既然是个任何时候也不肯完全忘掉"私"字的人，自然要断然鸣锣收兵。令人担心的是：如果浪子哪怕将情书中的一字一句吐露给将军或武男，便有失却靠山之危。不过，浪子既然精细，总不致如此；但他依然忧心忡忡。幸而来高崎办事，信步走访下榻于伊香保的武男夫妻，以便探听虚实。他想：最可恶的是武男……

"武男，武男！"千千岩觉得耳边有人呼喊，愕然睁开双眼。从窗中望去，只见列车已到上尾车站。"上尾，上尾！"（发音近似武男——译者）在铁路人员的喊叫声中列车驰去。

"蠢货！"他自遣自责，又站起身，在车厢里踱了二三周，全身颤动，仿佛要抖掉缠绕在心房中的某种思绪，才又回到座席。一丝冷笑的暗影，闪在眼里，浮在唇边。

列车又开出上尾，风驰电掣般地飞奔，越过几处，到达王子车站时，有五六名旅客踏着月台上的砂路，慢腾腾地登上了二等车厢。其中有一名年过半百的男子，扎着两条巧匠织成的白绉绸腰带，坚固的铁卡闪闪发光，右手指戴着重重的金戒指，红脸上的眼睑明显地下垂，左眼下有个沉甸甸的红痣。

“啊，千千岩君！”

“噢，幸会……”

“到哪儿去了？”红痣汉子站着，千千岩坐在他的身旁。

“噢，到高崎去了。”

“从高崎回来？”此人对千千岩微微一瞥，压低声音说，“此刻忙吗？否则，愿一同进餐！”

千千岩点了点头。

2

桥场的渡口旁，有一水上人家。假如不看“山木兵造别墅”几个字，人们会以为那宅子是哪位大人的官邸哩。二楼某室，琴音幽幽，映在格子窗上的不是婆娑绚丽的岛田式发髻，便是红颤的折光，犹如撒落彩色的纸牌。室内为了回避亮起电灯的俗气，特意张起了那盏油灯。杯盘狼藉中盘腿大坐的是千千岩，还有一名红痣汉子，不须问，当是本府主人山木兵造了。

也许为了防范，身旁并无侍女。红痣汉子的面前摊开了小型账簿，放了一支铅笔。上边写了地址、官名等等名堂，记了许多姓名，而且用铅笔注明各种符号。有圆圈、四角、甲字、丙字、五、六、七等数字，还有罗马数字，有标点，有的擦掉又恢复。

“那么，千千岩君！那件事暂且就这么说定。几时定准，通知我一声……没事，不会错。”

“没事！因为已经送到大臣的手里了嘛。不过，怎奈竞争者正在活动，那人，非下决心甩掉不行呀。他呀，可是个软硬不吃的家伙。不勒紧嚼子是不行的。”千千岩指着账本上的“一”字说。

“此人何如？”

“是个谈不拢的家伙。我倒不十分清楚，不过，是个非常顽固的家伙。要当面对他赔礼才行。弄不好，会搞糟的。”

“唉，陆军里有的人通情达理；可是，有的人实在难谈。那是去年，给师团上缴军服，还是用老办法……幸而大体平安无事。唉，可也有过一些咸言淡语。是那个赤髯大佐吧？他说三道四，直出难题，很难对付，便派一名老板，送去那份点心。那家伙却神气十足地说：‘行贿吗？怎么会收？这关系到军人的体面！’那匣点心照例上边放的是果品，下边放的是银币。最后，那家伙给一脚踢飞了。想想看，这受得了吗！那情景，大约像‘霜叶落，白雪飞，室内雨纷纷！’吧！那家伙终于恼火，胡扯些什么‘太肮脏’啦，‘要告发’啦，等等。好歹才收场，可费了好大的手脚呢。因为有这些先生，事情就非常麻烦。噢，若说麻烦，武男也属于这号人，真是说不通，正发愁哪！前些天……”

“不过，武男的爸爸攒下了几万元的家私，当然固执啦，正直啦，爱来哪套就来哪套。可是，如我者流，只有靠本事……”

“噢，忘了个干净！”红痣汉子瞟了一眼千千岩，从怀里取出五张十圆的票子，“别的嘛，后会有期，先拿去这笔车费。”

“那就不客气了，”千千岩急忙抓起票子，放进内衣袋里，说，“不过，山木先生！”

“？”

“不管怎么说，种子不播，不会发芽哟！”

山木苦笑起来。啪的一声拍了一下千千岩的肩膀：

“真是个滑头！遗憾得很哪，哪怕弄个经理、部长当当呢。”

“哈哈……山木先生，清正牌短刀，可比孩童的三尺三长剑更锋利哟！”

“说得好！不过，惟独对蛎壳町，你要多加小心，外行人一定要搞糟的。”

“算个什么，才几个钱……那么，用不了几天，一旦将情况查明……噢，车嘛，待我出去雇一辆坐上就行啦。”

“本来内人要来看你，只是女儿离不开。”

“阿丰？她病了？”

“说真的，她呀……近一个月来患病，内人说，要带她到这儿来。噢，千千岩君，老婆呀，孩子呀，轻易可要不得。攒下钱的，只有独身汉。哈哈哈……”

千千岩在主人和女仆的欢送下，辞别了山木别墅。

3

山木送走千千岩，回房时，对面的格子门哗啦一声开了。一名四十多岁的女人，皮肤洁白，但是头发稀疏，而且两颗前齿七扭八歪地翘了起来。她一进屋，便在山木身旁落坐。

“千千岩先生走了？”

“刚刚把他赶走。阿丰怎么样？”

龅牙女子拉长了脸说：“真是的，唉……她也痛苦极啦……阿兼，你到那边去待着！今天她又说有点不顺心，又摔饭碗，又撕衣服，没办法，真的，才十八岁……”

“就得送进巢鸭疯人院啦，真愁人！”

“你呀，什么时候，还开那种玩笑……可怜呀，真够可怜的。今天她又对阿竹说：‘武男太冷酷，冷酷，冷酷！去年正月织了双袜子给他，又将手帕镶了边给他，还有毛手套，手镯。不单是这些，今年年初，又用红毛绒织了衬衫给他，全是我倾囊买线，做成给他的呀！可是他连个音信都不给，就娶了浪子。丑八怪，黑心肝，摆臭架子！真是个冷酷的人。冷酷呀，冷酷呀，冷酷……我也是山木家的女儿，对浪子绝不服输。太冷酷啦，冷酷，冷酷……’你听，她就是这样连说带号。那么死心眼儿，这可叫我怎么办呐……”

“胡说！勇将之下，没有弱兵！你是阿丰的母亲。噢，川岛家是新贵族，有些财产，武男又根本不是个傻子。我不是也曾费尽心血要把阿丰嫁给他吗？可是，不成呀！你看，他婚礼已经举行过了，一切都破产啦。除非浪子死掉或离婚，又有什么办法！莫如死了这条心，别干那种蠢事，把她嫁给别人家，这才是头等大事。大傻瓜！”

“我太傻？是的，我不像你那么嘴巧。那么大年纪，女人左一个，右一个，活像换双袜子似的……”

“对我这么大发议论可不好办。你真是个牲口，屁大点事也当真。不管怎样，拿我来说，阿丰是个孩子，不疼爱着点怎么行。所以呀，别啰里啰嗦地说那些废话，我正想给她另找个好人家，让她一辈子荣华富贵哪！喂，阿隅，来呀！咱俩去劝说她一下吧！”

于是，夫妻双双，顺着走廊，朝丰子居住的独间走去。

山木兵造，究竟是哪里的人？生身之地，尚且不详。但他已是今日知名的豪商之一。立业之初，据说多蒙武男的亡父提携，如今也还出没于川岛之府。尽管有人说，这是因为川岛家是新贵中的富翁；但，此评有些过于刻薄。而山木，置府第于樱川街，建别墅于桥头渡口；昔日大放高利贷，今则专以包揽陆军或其他官员的修建工程为业；嫡子入了美国波士顿商业学校，女儿阿丰病前在贵族女子学校攻读。妻子不知是何时、又怎样娶到家的，只知道她是京都女人，十分丑陋，不少人劝说山木，将就些吧！可是，老实说，他八方藏娇，应该用娉婷袅娜这类字眼来形容的那些美女，等待着山木轮流光顾。这一点，妻子心里也并不糊涂。

4

床上摆着七弦琴、月琴，还有玻璃匣里装着的大型偶人，等等，墙角有一张漂亮的女用书桌，这边有一架穿衣镜，令人以为这是多么高贵的公主的闺房。在那十六平米的床中心，铺着丝绸被褥，横躺着一位十七八岁的姑娘。她那岛田式的发髻，活像扎了些玉米缨，拼命地摇晃得十分凌乱。她下腮丰盈，够可爱的。但是，丰盈得过了头，令人担心，那腮边肉会不会登时掉了下来。微微张开的嘴仿佛连闭上都感到麻烦，便始终形成了个门洞。淡淡的、似有似无的眉峰下，一堆赘肉好不容易才嵌了二三分的一条细缝，眼里宛如布满了春烟，仿佛从前辈子就久久酣眠，至今也从未苏醒。

侍女刚刚奉命，忍住笑声去了。姑娘对着侍女的后背放了一支冷箭，骂道："混蛋！"她像十万分火急似的蹬掉了睡衣，抓起床上贴有穿劳动裤女学生照片的大型相册，眼睛眯成一条线，眨也不眨地盯着看。忽而在认准的一张照片上不停地连抓带挠。大概这样还不解恨，又用指甲将照片的面部横一条竖一条，划得伤痕累累。

响起开门声。

"谁？阿竹吗？"

"噢，是阿竹，是秃顶的阿竹。"是父亲山木和母亲边笑边坐在枕旁。姑娘好不惊慌，藏起照片，急忙躺下，似乎说：别想叫起她，也别想叫她入睡。

"心情好吗，阿丰，好些吧？刚才藏的是什么？给我看看，唉，看看嘛。不是说叫你拿出来看看嘛……怎么，这，不是浪子的照片吗？挠得好惨呀！与其干这种事，莫如哪怕下半夜亲自登门，那多聪明！”

“您又提起那些事！”

“怎么样，阿丰，你是山木兵造的千金！要大度些，拿出冒险精神来，冒险精神！为那个寒酸的家伙守约，那也是一厢情愿的傻等哟。与其这样，喂，阿丰，不如拿定主意，攀上个‘三井’‘三菱’，不然，就是大将、总理的少爷。不，要更好些，靠上个外国皇族。区区鼠胆，这还行？怎么样，阿丰？”

阿丰在妈妈面前倒是任意撒娇，但是在父亲面前委实有所顾忌，忽地伏身流泪，并不回话。

“如何，阿丰！还在眷恋武男吗？唉，是个落难的娘子啊！真没办法！既然分手，阿丰！何不去京都散散心？那里可太有趣啦。如果不愿意去参拜祇园清水知恩院①和金阁寺②，就到西阵③去，选购些腰带，三层袖的锦衣。怎么

---

① 祇园，京都八坂神社旧称；清水市，在京都东山区；知恩院在京都，均属胜地。

② 金阁寺在京都，开山师祖为梦窗。

③ 指京都上京区掘川以西、一条通以北一带。“应天之乱”时，山名宗全在此扎营，故名。

样？这比等着天上掉馅饼好多了吧？老伴，你也好久没去了。领着阿丰上路吧！嗯？阿墨。”

“您也一同去吗？”

“我？胡说八道。大忙的时候……”

“那么，我也等等再说吧！”

“为什么？送什么空人情！为什么？”

“嘿嘿。”

“为什么？”

“嘿嘿嘿……”

“笑得多么讨人嫌！为什么？”

“剩下你一个人，我不放心嘛。”

“胡说！在阿丰面前，有这么胡说的吗？阿丰！妈妈的话全是扯谎，不要当真。”

“啊，哈哈哈……不管你怎么嘴硬，也没用啦。”

“住口！这些事，管它呢。阿丰，心宽一些，宽一些。‘耐心等待，必有甘露’。眼见就有好事啰！”

五、将军府

1

赤坂①冰川街片冈中将府，栗子花正在盛开。六月中旬一个周六的下午，主人子爵②——片冈中将，身穿睡衣，扎着鼠灰色绉绸腰带，在书房的椅子上悠然落坐。

年已五十出头。额角稍秃，两鬓银霜渐浓，体重八十二公斤半。即使阿拉比亚种的骏马，也要在将军的胯下汗飞如雨。两肩怒耸，可以没颈，双腮直垂，一线连胸；大腹便便，颇有安禄山之风；牛腿一般粗的双胫，走起路来互相冲撞；面色黑里透红，宽鼻梁，厚嘴唇，薄须淡眉。只有二目与体魄不大相称，细细的，闪着柔和的光，却又似大象的眼睛。唇边总是泛着忍不住的微笑，鲜明地描绘着无法形容的可爱与滑稽的情趣。

一年秋天，中将微服进山，狩猎将暮，到一老妇幽居的

---

① 大阪府的一个村。

② 明治初，对皇族以下、士族以上以及维新功臣封爵位，分公、侯、伯、子、男五等。

山中小屋讨了一碗苦茶。老妇注视中将多时，说：

“好壮实的身板呀！连个兔子也没逮住？”

中将莞尔一笑：“半个也没捉到！”

“干那种杀生勾当，算个什么营生？凭这副体格呀，当个雇工，瞧好吧，五十两银子，稳拿！”

“一个月？”

“说哪儿去啦，一年呀。不泡你，是打卯子工，什么时候想干都行，我来给你介绍。”

“噢，这可要谢谢你。说不定还要来求你哪。”

“就这样定了，谈定了。那么大的块头，去杀生，太可惜啰。”

据说这一段在中将知友中流传的佳话，至今还常被提起。有眼无珠的人，料想都是像山中老妇那么看的。然而，知情者却把这位巍峨如山、声色不动的大度将军，看成一旦有事时的铁壁铜墙。他那一百六七十斤的一座小山似的身躯和常常怡然自得的神色，可使人心惶惶的三军，立刻魂安气振。

臂肘旁的桌上置有蓝地的安南花盆，植有威风凛凛的文竹。头上悬挂着天皇和皇后的御影。下有一额，上写“成仁”二字，落款“南洲”。架上藏书，火炉边墙脚的三角形搁板上，有七八张国内外人士的照片，有的是军装，也有的穿便服。

拉开草绿色窗帘，东、南两厢，六个窗子，通明崭亮。看东方，越过人群熙扰、房屋鳞次的谷町，可以遥望爱宕塔的塔尖，从葱郁的灵南山露出一尺多高，苍鹰在塔尖周围盘旋。望南侧，则是栗树花盛开的院落。花间隙缝处，看得见冰川神社的白果树梢，犹如青锷刺天。

凭窗远眺，一碧如洗，孟夏晴空，闪耀着嫩黄锦缎般的光辉。满眼清新的绿叶中，到处都是蛋白色的栗子花，密密层层，开得满树，宛如彩绘，映在碧空。横在窗边的一枝，不像那些蛮勇的枝条。阳光透过树叶，染成绿玉、碧玉、琥珀等种种颜色，从微微飘动的树叶隙缝中，可见像肩章图案似的花朵盛开；压弯了的枝头，在轻轻地颤动。不是风吹，每当大气荡漾，花香便悄然蹓进书房。窗棂映出树桠的淡紫色影子，投在主人左手里的《西伯利亚铁路现状》的书页上，摇摇曳曳。

书房主人频频地闭上眼睛，叹息几声，又徐徐地睁开双目，目光投在书本上。

何处传来金井辘轳声，哗啦啦宛如珠落玉盘。但须臾又止。

午后的静谧，布满了整个宅第。

两个伺机而动的顽童，忽地从开了一尺宽的门缝中探进头来，又缩了回去，在门外响起忍不住的咯咯笑声。一名童子约八岁，身穿半截裤的水兵服、高腰皮鞋。另一童子大约五六岁，罩一件紫色箭翎状的花布外袍，腰扎大红带，头发乱蓬蓬地散落在眼睛上。两名顽童频频在门外徘徊。这时，似乎再也等不得，于是，四只手用力推门，一拥而上，不费吹灰之力，便冲过室中心摆在床上的报纸合订本，一溜烟攻近将军的座椅。穿水兵服的居右，两分垂髫的居左，活捉中将的双膝，叫道：

“爸爸！”

2

“噢，回来啦？”完全像从便便巨腹的丹田中悠然发出的低音。中将微微一笑，一只沉重的大手拍了一下右侧穿水兵服顽童的肩膀，梳理着左边两分垂髫者的额发。

“怎么样，小考答对了吗？”

“我呀，我呀，爸爸！我呀，算术是甲。”

“我呀，爸爸！老师夸奖我说，今天的刺绣完成得很好。”两分垂髫的女孩取出她在幼儿园的作品，放在将军的膝盖上。

“噢，嗬，做得好呀！”

“其次呀，习字、朗读是乙，其余都是丙，到底输给水上了。我窝火极了。”

“用功吧……今天的‘修身’课都讲了些什么？”

穿水兵服的怡然笑道：“今天呀，爸爸！讲的是楠木正行①的故事。我非常喜欢正行。正行和拿破仑，谁厉害？”

“都很厉害哟。”

“爸爸！我呀，非常喜欢正行，可是更喜欢海军。爸爸是陆军，所以，我就当海军。”

“哈哈哈……要当你川岛哥的部下吗？”

---

① 楠木正行（1326—1348），日本南北朝武将。

“可，川岛哥不过是个少尉。我呀，要当中将哪。”

“为什么不当大将？”

“可，爸爸才是个中将呀！中将比少尉大吧，爸爸？”

“不管少尉还是中将，谁用功，谁伟大。”

“我呀，爸爸。若说爸爸，真是个好爸爸。”两分垂髫的女孩把将军的膝盖当成了弹簧板座，上下颠动着说：“今天哪，讲个有趣的故事给你听，就是小兔和乌龟的故事。我讲吧……有那么个地方，有一只小兔和乌龟……啊？妈妈来啦。”

一位三十八九岁的高身材妇女，伴同着敲打下午两点的钟声跨进门来。她束发齐额，烫鬈了的发丝在高高的前额分垂左右。大眼睛，有点吊眼梢，总像带有几分戒备和凶气。眉峰略施薄墨，轻易不露的牙齿刷得洁白、耀眼。穿着美丽的罩衣，黑缎子宽幅腰带；左右手指上带着宝石戒指，炫耀着价值昂贵。

“又来缠你爸爸！”

“哪里……正听他们讲在校的考试成绩哪。好罢，以下是爸爸的学习时间。都去外边玩，玩去。然后带你们去运动！”

“噢，真高兴！”

“万岁！”

二童离开书房，又是纠缠，又是搂脖，忽前忽后地嬉戏而去。不多时，“万岁！”“哥哥，我的心情也一样！”喊叫声隐隐入耳。

“再怎么说，你还是娇惯他们。”

将军嘿嘿地微笑说：

“唉——不是这样。小孩子，疼爱他们点，好嘛。”

“你呀！俗话说‘严父慈母’。可你，只顾疼爱他们。弄得阴阳颠倒，倒是我始终管得严，得罪人的角色只有我一个。”

“唉，别那么短兵奇袭，请高抬贵手。老师先请坐。哈哈哈……”

中将大笑一阵，站起身来，从桌上拿起大型的旧英语课本第三册，紧张得屏住气息，以夹杂着噪声的怪腔，开始读英文。夫人在静听，不时地纠正他发音的误谬。

此乃将军的日课。子爵是在维新声浪中立世的一介武夫，戎马倥偬，疲于奔命，哪里有暇习外语！但自客岁成为预备役，稍微得闲，便趁此良机，先攻英语。老师就是身旁的夫人繁子。繁子乃长州著名武士之女，久在英国伦敦留学，据说精通英语，一般男子也望尘莫及。诚然，夫人经伦敦的风烟熏陶，万事崇洋。不论整顿家风或教育子女，一切按欧风行事，实乃见所未见，闻所未闻。但是，事与愿违，奴婢们背地里嘲笑她不晓事理，孩子们自然投靠宽宏大量的父亲。况且将军凡事都落落大方，采取东方风格，这首先成了夫人耿耿于怀的病根。

将军历尽千辛万苦，才读完了一页，正要进入译讲之时，门开了，一名梳辫子、扎红色发带的十五六岁少女进屋，看见将军的大手捧着小小的课本朗读的样子，觉得滑稽，咯咯地笑着，说：

“妈妈！饭田街的姨母来啦。”

“是呀！”眉宇间叠起了皱纹，却似有似无。她瞥了一眼将军。

将军缓缓地站起，将椅子推到一旁，说：

“请姨母到这儿来吧！”

3

“在家吗?”说着跨进屋来的女人约四十五六岁，容貌端庄。也许眼睛有病，戴了一副眼镜。看来，相貌很像伊香保三楼露过面的那位少妇，不是没有道理。这一位乃是片冈中将前妻之姊清子、贵族院议员子爵加藤俊明先生的夫人，为浪子说亲，嫁于川岛家的，正是这一对夫妻。

中将笑容满面地起立让座，将椅子面对的窗帘稍微拉开。

“噢，一向可好?久违了。主人还是那么忙吧?哈哈哈……”

“简直成了花匠，总放不下剪子。嘿嘿嘿……菖蒲距开花还早。可是他炫耀的朝鲜石榴正在盛开，蔷薇花也还没落。他口念不干地说：‘怎么样，请他们来夸奖我几句吧!’嘿嘿嘿……还说：‘要把毅一和道子也带来。’”说着，用水色眼镜指向片冈夫人。

打开天窗说亮话，繁子不大喜欢眼镜夫人。教养有别，气质各异，这当然也是原因。然而，她是前妻之姊。此事始终难释于怀，成为不悦之根。片冈夫人本想独占中将的心，独掌管家之威。但身旁常常出没一个中将前妻之姊，这只能使中将眼前浮现亡妻的倩影。中将嘴上不说，对于后妻视为前妻留影而予以冷淡的浪子和几妈，会寄予同情的。她虽然比不上死去的诸葛亮，但也料到：他遇事总会想起亡妻的，来和现夫人争宠，这令人十分不快。如今，浪子与几妈总算远别，撤销了“治外法权”，这才似乎稍稍安心。但是，每当看见这位戴水色眼镜的人，就仿佛墓中人破土而出，和她争丈夫，夺主权，对于好不容易确立的教育方法与家政经纶，也要争吵个不休。于是，繁子夫人自然感到不大太平了。

眼镜夫人从北海道绢制的手提笼中取出瓶装的点心。

“送点礼物，给毅一和道子。还上学吗？怎么没看见？啊，是呀，这个是给驹子的。”说着，将绣球花簪给了前来敬茶的扎红发带的少女。

“总是带东西来，真过意不去。”繁子夫人将点心瓶放在桌上。

这时，侍女来到，说红十字会的人要见繁子夫人。夫人点点头，走了。跨出门时，对随后跟来的少女轻轻招手，附耳嘱咐了些什么，便退了几步，留下少女去窗帘下窃听家常，而她，沿着走廊向客室走去。扎红发带的阿驹，今年十五岁，也是前妻的骨肉，但是繁子夫人爱她，借以弥补对浪子姐姐的冷落。夫人硬是误以为寡言、内向的浪子是个心术不端的乖僻女孩，认为驹子比姐姐豪爽，很像她的性格，因而高兴。一，可以回敬她的姐姐浪子，二，可以做给世上人看，继子也有人爱。丈夫钟爱浪子，她却相反，在浪子的妹妹身上寻找知音。

按天下的独夫性格，有的不畏人言，硬是我行我素；有的意外脆弱，生怕他人批评。毕竟是名利双收，为所欲为，却硬叫他人说成善心，这实为独夫之常情。这号人，自然喜欢奉承。论雄辩，中将夫人强于男子。而且西方进口的辩术，即使威震天下的片冈中将也难能获胜。然而，中将八方结友，备受尊敬。相形之下，失爱之身，必无知己；心境凄凉，自然喜欢献媚的人儿登门。奴婢之中，言语迟钝者均被遣去，但用伶牙俐齿之徒。幼小的驹子未必妒嫉姐姐，但自从知道继母高兴讥讽浪子以来，遂养成下舌的毛病，竟使几妈听得皱眉，已经不止一两次了。即使姐姐出嫁后的今日，驹子仍然为继母当一名间谍。

驹子躲在东侧第二个窗子下，但闻依次传来父亲发自肺腑的笑声和姨母庄严的笑声。后来语声逐渐低沉，继续传来“婆母”“阿浪”等词语，扎红发带的少女便竖起耳朵，仔细窃听。

4

“举我州四百之兵，敌十万余骑。焉知无畏之我阵，肖有镰仑健儿。”穿水兵服的儿童以足踏节奔来。一眼看见伫立在檐廊里的红发带少女。少女不住地用手掩口示意，且摇头挥手阻止，他却依然不管三七二十一，喊道：“姐姐，姐姐！”跑向前去追问：“干什么？”姐姐一再摇头，他却问道：“什么？什么？”红发带少女板起面孔，不觉高声说：“真烦人！”做一副“完啦”的表情，耸起肩膀，匆匆离去。

“噢，逃跑啰！噢……”水兵服男孩边喊边进父亲的书房。见了客人的面，轻轻一笑，微微低头，忽地依依于父亲膝下。

“噢，毅一，几天不见，又长大啦。天天上学吗？是呀，算术分是甲？真用功啊！过些天，和爸爸、妈妈一同到姨母家去吧！”

“道子哪儿去啦？噢，是呀！喂，姨母送给你这个。高兴吧？啊哈哈……”中将边给他瓶点心看，边说，“你妈妈干什么哪？还在会客？去告诉妈妈：‘姨母要告辞啦！’”

目送儿子奔去的背影，中将盯着眼镜夫人的脸说：

“那么，几妈的事就这样，叫她不要锋芒外露……就这样，拜托了。不过，老实说，我也巴不得没有这种事才好。噢，既然不属实，浪子一再说，武男本人也诚恳地盼望……啊，是的，啊，是的。有劳于你了。”

正说在半路，繁子夫人来到，瞟了一眼眼镜夫人说：“您要回府吗？赶巧有客人来。噢，刚才走了。唉——还是商量慈善会的事。反正成不了事。今天实在是慢待了。请给千鹤子捎个好吧！浪子一出阁，总也不来玩。”

“近来身体不大好，她哪儿也没去。那么……”眼镜夫人拿过手提包，缓缓站起。中将也从容不迫地欠身。

“谁跟我去那儿去运动？那儿！喂，毅一和道子也去吧！”

繁子夫人送客后，坐在卧室的安乐椅上，边阅慈善会的章程，边对驹子招手。

“阿驹，谈了些什么？”

“嗯，妈妈，我听不大懂，好像谈几妈的事。”

“是嘛，谈几妈？”

“告诉你呀，川岛家的伯母患风湿症，肩膀痛，近来很难侍候。还有，几妈呀，在姐姐房间里，对姐姐说：‘哎，夫人！这位老太太为什么脾气那么暴躁？苦了夫人你了。可也是呀，她上了年纪，反正活不了多久……’就这么说的，几妈真是老混蛋，嗯？妈妈！”

“她不论到哪儿也不干好事！这老婆子真麻烦。”

“还有哪，妈妈！赶巧川岛家的伯母从檐廊走过，都听见啦。她发了很大的脾气哪。”

“天报哇。”

“伯母发火，姐姐担心，就去和饭田街的姨母商量。”

“去找姨母？”

“可姐姐不管什么事总是和姨母商量嘛。”

夫人苦笑。

“说下去。”

“接着爸爸说，几妈到别墅看家去！”

“是呀！”她前额愈加阴暗，“就说这些？”

“本来还接着听，偏偏毅一来了……”

六、婆家风

1

川岛武男，母庆子，今年五十三岁，虽然时而风湿症发作，但别无他恙。自本宅所在的曲町 ① 上二号街去亡夫长眠之地的品川东海寺，徒步往返，并不吃力。体重七十多公斤。据评，在公、侯、伯、子、男各爵之府的全体女性当中，就体魄而言，摔跤，她稳拿亚军。然而她发福，实际上是五六年前丈夫通武病故之后的事。听说从前，她骨瘦如柴，面色苍白，犹如病危。但是，也还有那么一类人：活像压瘪了的橡皮球，一撒手，立刻又鼓了起来。

亡夫原是鹿儿岛藩低微的城下武士，阿庆前来成亲时，喜宴只比丰臣秀吉 ② 的婚礼稍强些！他在明治维新的风云际会中崭露头角，为大久保甲东 ③ 所赏识，久在各地任刺史，一时官运亨通，天下大噪。而且生来任性，刚愎绝伦，在明

① 东京府旧区名，现千代田区之一部分。

② 1536—1598，战国和安土挑山时代武将，曾统一日本。

③ 旧名一藏，号甲东，萨摩藩士，明治维新功臣之一。主张废藩置县，反对征韩论，后被岛田一郎刺杀。

治政府中缺少知己，为浪子说亲的加藤子爵，算是仅有的至友之一了。甲东殁后，总之，他很不得志，郁郁而终。有人说，他虽得男爵之位，实托家庭之福。说起来，固执、任性、脾气暴躁的通武，总是怏怏不快，将愤怒滴进酒杯。能容半公升还多的酒杯，他一连能干五个，喝得活像个红鬼。传说竟有这样的事：他大摇大摆地走进县议会，议员吓得面有人色者极少。

且说，川岛家经常处于戒严令下。家人恍如夏天住在没有避雷针的大树下，战战兢兢，度过晨昏。只有将父亲双膝当成舞台的武男，自幼认定父亲是举世无双的要友。此外，不要说夫人庆子，包括来来去去的奴婢，甚至居室的木柱，无不饱尝过主人的铁拳。即使今日名扬四海的豪商山木之流，也屡屡分享如此犒赏，因而诚惶诚恐。他前去侍候时，常听教诲说："犒赏才这么一丁点儿。想想这是财主的恩赐，就会觉得上缴的所得税太少了。"这样天长日久，你觉得不舒服吗？唉，连厨房的老鼠都静悄悄的。一声暴雷从室内响起，大耳侍女手里的菜刀都被吓掉；趋府请令的下属官员，仿佛听了今日天气预报，溜到后门，逃之夭夭。

庆子从三十岁陪伴丈夫，其苦非同小可。初嫁时，毕竟还有公婆，没觉得丈夫有多大脾气，年华就那么逝去了。不久，公婆相继去世，丈夫的本性已经如实领教，这时，庆子夫人也十分惊恐。开始五六次，夫人也曾略做反抗，后来省悟到终究徒劳，便不再争执，要学韩信服输，且做胯下爬行。否则就三十六计，走为上策。这中间，大气都不敢出，三口并做两口。然而，丈夫的脾气与日俱增，最后三四年格外凶暴。愤怒勾得他酗酒成性。这烈火般的脾气，竟使锻炼了二十年的夫人也委实周旋不得。现已有儿子武男，愁得她忘却了已经鬓发半苍。人们夸她是知事大人的太太，是男爵夫人。可这荣耀又有何用！莫如索性去给看坟老头当个老伴，倒也过得舒心畅意。这念头常常油然而兴。但是转眼三十载，竟然浑浑噩噩地虚度了。当她眼望着薄情郎川岛通武瞑目仰卧在棺椁中时，这才松了口气。而虚假的眼泪，却也簌簌地川流。

虽然热泪川流，却已神魂平稳。不过，心舒，则气壮。通武在世时，夫人的高大身躯和洪亮语音一向不知消失在何方。尔今却从后房大摇大摆地走来，眼看她在家里到处噘嘴吊腮。见识过夫人常在丈夫身旁缩肩弓背的人，无不惊讶得目瞪口呆。不错，据西方学说，夫妻相处越久，容貌和气质就越相似。怪不得有人说，近来夫人的举止言行，从浓眉上下移动、一只手拿烟杆、盯着对方的神情，直到起居毫无规律，不，更重要的是她大发雷霆，大体上和死去的丈夫相似得惟妙惟肖。

"江户之敌，死于长崎。"① 这，也是有的。

一位人情博士曰："人间事，大抵类乎'江户之敌，死于长崎'。今日下议院的在野党议员慷慨陈词，对政府大加抨击，真是好极了。但实际上，是由于昨夜在家饱尝了高利贷的苦头，满心郁闷。假如知道这些，感激之情可就减去了一半。且说南海的低气压，使岐阜、爱知二县洪水泛滥；塔斯卡罗拉岛沉没，以致三大陆遭到海啸的光顾。高师直② 失恋，对着毫无用处的情书发泄怨恨……宇宙只求平均，万物都求平等。而且为了求得平均，宛如向吝啬人逼债。'今日还？'还是'明日还？'，如此纠缠的，正是小人。所谓大

---

① 由于意外原因，出现不应有的结果。江户，即今日东京。

② 日本南北朝时代武将，后因谗被害。

人物，是把一切账目交给天公银行，而自己只取应得的一份罢了。”

然而，凡夫俗子，但求眼前的平均，追求的态度是遵循物体运动的法则。犹如水往低处流，人也朝着阻力小的方向走。且说，老寡妇川岛庆子，忍耐了三十载，忍啊，忍啊……自从掩上丈夫的棺盖，那忍耐的闸门一下子打开，决堤之水，汹涌奔流。那个世人恐惧的人已经魂去他界，不论怎样抡起拳头，再也不会碰到夫人的头颅。她虽然至今沉默，却并非意气消沉，而是在做出样子给人看：丈夫虽死，夫人尚在！神不知鬼不觉的，她对越来越多的贷款利上加利，开始蛮横地向就近的欠户讨债。死去的男爵尚有英雄气概；纵使够麻烦的，也有令人称快之处。而夫人并不具备这种力量。她不可理喻，心胸狭隘，一味纠缠，刚愎自用。她一出马，人们惟有叫苦不迭。仆人们比男爵在世时，更加眼泪不干了。

浪子的婆母，就是这么个人。

2

浪子卸了垂髫，挽起新髻。这当儿，错打主意的车夫说："小姐，咱们就手结成伴侣吧？"并且，奴婢们都尊声"夫人"，这使她迟迟不肯答话。事过境迁，新娘的心也就暂且平稳了些。腼腆和羞涩的云雾，曾害得她周围的景象一片模糊，这时，已经渐渐地清晰可辨了。

她早着盛装，将欲登车时，父亲唤她到书房，说：

"家风各异，户户不同。这，不须老父对你再讲。不过，不要忘记：准备背井离乡、待嫁闺中的片冈浪子，只剩今天，不再有了。明日，你便是川岛浪子。"

浪子没有忘记父亲的这番谆谆教诲。但是，嫁到夫家一瞧，家风之差，实在悬殊。

论资产，婆家倒是胜过娘家，在暴发户当中，暂且可称首屈一指。武男的父亲久任县官。其间，积累的家私高达万金。不过，浪子的娘家，父亲川岛中将海内声名大噪，如今虽然列为后备，但是交游甚广，兴旺之势，犹如旭日东升。与此相反，婆家自从武男的父亲通武殁后，生前遇事前来求助的大多数人，已经自然地消踪绝迹。更何况亲属微微，宾朋寥寥，孀妇又为众人所恶，理应重振家运的当今主人又太年轻，官职低下，不常在家，于是，家运自然形同一湾死水。而在娘家，继母狂热地崇洋，自然擅于支配经济，竟在不意之处实行节约。女仆们背地里嘀咕："老夫人连赠送礼品的规矩都不懂。"那边的军界交往，万事无不讲究排场；这里则一派旧习。不，是农村作风，说得更好听些，是不忘本的习惯。其实，一切情趣和事理，都与寡妇亲手捣米时期一成未变。寡妇万事不亲自动手就头痛。老爷在世时被随意指使的田崎，是个心纯若愚的人，就用他做管家。叫他甚至算出日用几把炭、几袋米。武男偶尔归来便说："妈妈，别干那种事。点心嘛，从消受清风明月的款项中也可以提取嘛！"老夫人仍然吧嗒吧嗒地大口吃亲手做的乡村羊羹。就连几妈随着浪子来，她也经常指桑骂槐地说："大户人家的人总是与众不同啊！武男若是吃五碗饭以上就好啰。"排斥几妈的话，岂止常在门外入耳！

浪子虽然聪颖，不过是十八新娘。突然闯进截然不同的家风之中，遇事惶惑不安，倒也不足为怪。虽然如此，浪子已下定决心，实践父亲的告诫；正是此刻，她需要克制自己，遵守家规。而考验她决心的机缘，转瞬到了。

自伊香堡归来不久，武男便远渡重洋。军人之妻，常守空房，浪子本是甘愿的。但是，新婚不久，立刻别离，却叫人格外断肠。当时，她仿佛被夺走了掌上明珠，几乎没心做任何事。

提婚之初，父亲就声称：一见之下，极其称心。浪子与之结成伴侣之后，觉得父亲的预言果然应了。他落落大方，颇有男子气概，爽朗利落，情深意浓，毫不吝啬，简直像陪伴在年轻时的爹爹身旁。说起来，他大摇大摆，阔步前进的姿态，甚至他孩子一般的笑声，无不酷似父亲。“啊，真高兴！”浪子竭诚服侍；武男也对新婚的娇妻无限热爱，仿佛独生子又偏得了一个小妹，怜爱地呼唤：“浪妹，浪妹！”同床共枕还不到三个月，竟亲昵得宛如前世即是知音。即使短暂的小别，也几乎成了无限悲伤的泪泉。然而，浪子却无暇作更久的伤情。武男登程后不久，婆母的宿疾风湿症便剧烈地复发，惹恼了婆母的几妈被遣之后，浪子考验自己耐性的时机也就格外的多了。

有人写道：新生入学之初，老班生横加欺凌。后来自己也变成了老班生，欺辱下班生成了无上的快乐。婆母还没有淡忘脱帽鞠躬的胆怯心情和孤苦伶仃的滋味，按理说，是不该欺辱新妇的。但是，她具有俗子的无聊。一旦花儿谢了春红，便当起婆婆来。且说，娶上一房可心的媳妇，便要起刁来。不知不觉的，竟和从前最最厌恶的婆母一模一样了。“哎，哎，那个下襟四寸，这么折回去。错了，不是那样。到这儿来，都二十岁了。噢，新娘也会了，哈哈哈……”她戏谑声中流露出的眼神，似乎说：我在当新娘时也是这样被训斥的。啊，她也觉得这风习可怕，应该纠正；可是如今，却变本加厉，以眼还眼，以牙还牙，可谓“江户婆婆的仇敌，拿长崎的新娘抵命”。不知不觉，许多事都在这一代求个平均数，这就是当代社会。浪子的婆母正是其中之一。

浪子曾经欧风的继母冶炼，如今又遇旧式婆母的锻造。病中婆母有事，厉声呼奴唤婢，浪子主动上前，硬着头皮说：“我来吧！”这虽令人满意，但是老太太谢过之后，故意用一如往常的尖声厉语暴骂奴婢。那声音，即使听惯了继母十年间冰言冷语的浪子耳鼓，也大有今胜于昔之感。起初，不过微愠则已。后来，恼怒的锋芒竟直对浪子而来。几妈去后，没有任何人来安慰浪子。她常常也想，还是回到娘家的背阴处去吧！可是，她一回到居室，看见桌上镶在银制相框里的一名魁梧海军士官的姿影，便不由得喜上心头，涌起爱恋和怀念的深情。她默默地拿起照片，像要一口吞掉似的盯盯地看着，又是吻，又是贴在脸上，仿佛那人就在身旁似的，低语道：“快些回来吧！”为了他，再苦也高兴。想着，便忘却了个人的辛酸，又去侍奉婆母。

七、雁传情

1

我在华氏九十九度的香港挥汗修书。佐世保起锚前情况已如前信所述。且说，自佐世保开航后，连日天晴，暑火如焚。纵使神州岛国的男子，也聊感畏怯。的确，同队军官与士兵之中，已有八九名中暑。但，愚兄却非常健壮，毫未给病房添忧。然而，你也知道，黑人是因为距赤道太近，烈日曝晒的缘故，渐渐的，我也成了严重的黑脸汉。今日与同寅上岸，到市内的理发馆去，忽见明镜一照，连我自己也大吃一惊。有的同寅不怀好意，要笑我说："喂，怎么样，拍一张彩色照片，寄给你的新娘吧！"如上所述，一路晴朗（不错，也曾一度遇上季节风），我们齐呼万岁，昨朝在该港抛锚。

你的前一封信我是在佐世保收到的，不免一读再读。母亲大人的风湿症，这是多年来的宿疾，的确愁人。然而，只因今年有浪妹侍奉，愚兄也就彻底释念了。尚希代兄行孝，悉心照顾。母亲即使没病，只要心绪不佳，遥想浪妹必是诸多劳神了。赤坂岳父那边，想必平安。加藤姨父想必依然是那把整枝剪刀不肯离手吧？

几妈已经回府，不知何故，实为憾事。浪妹如驰书函候，望代我切切问安，并请转达：归去时必多带礼品相赠。几妈真是个快活的妇女，愚兄也十分喜欢。如今她已回赤坂，实属遗憾，阿浪也必然感到诸多不便和寂寞的。加藤姨妈和千鹤子常常光临吗？

知道千千岩时时去家。愚兄等诚然亲戚很少，千千岩乃是稀有亲属之一，我想，母亲大人自然会依靠他的。好好款待他，也是对母亲大人行孝的科目之一。该人也是个有才气、有胆量的男人，一旦有事，是信得过的。

谨致

浪妹

七月 × 日

武男　于香港

另纸禀母（且略），请读给母亲大人。将在此地停泊四五日，收购军粮。然后，经马尼拉去澳洲的悉尼，再经新喀里多尼亚、斐济去旧金山。经夏威夷回国，大约在金秋时节。

复信请径寄旧金山日本领事馆。

……如今，我在南半球澳洲的悉尼仰望群星之时，又忆起五月间与浪妹在伊香保采蕨畅怀之刻。世上的事真是不可思议。前几年搭教练船远洋航行时，总是时时感到晕船。而这次则平安无恙，敝体粗安。但是，今番却有一种未曾有过的情感缠在身心。航行值勤之夜，独自伫立在瞭望塔，仰望墨空遍撒金刚石般的南天，便兴起莫名的思绪，但见浪妹的倩影隐隐约约，闪在眼前（还给了我一个娇媚的微笑）。在同寅面前，管它呢，我吟咏道："家乡思远征！"装做没事的样子。（你要发笑吧？）不过，浪妹的玉照始终装在一个人的内衣袋里。当我写这封信时，也立刻看到了你的身影——咱家的一个十二平米房间，芭蕉叶荫下的书桌上，你手托香腮，正读这封信……

悉尼港口，有些夫妻和家族，不带外人，在泛舟漫游。待他日功成名就，愚兄与浪妹也成了白发翁婆时，岂止于泛舟，正想买下一艘五千余吨的轮船，愚兄做船长，儿孙为船员，去周游全世界。那时，还要再来悉尼，对白发苍苍的浪妹叙述几十年前血气方刚的一名海军少尉的梦……

谨致

浪妹

八月 × 日

武男书于悉尼

2

您七月十五日发自香港的华翰，我手都变得拙笨，一遍又一遍地捧读过了。那般酷暑，您却安然无恙，这太好了，我真高兴。家里母亲大人的贵恙，近来已经好得多了，请您千万千万释念。

我每天独居幽处，打发着寂寞的光阴。虽然尽力要使婆母中意，但因不敏，多有照顾不周，动辄失礼，实深惆怅。盼只盼您早日归来，一瞻雄姿，届时当陶然度日。

赤坂家中也一向平安。前些天全家去伊豆别墅。加藤全家，都去了兴津。东京这里，已经凄凉了。几妈也同去伊豆，在平安地做工。我转达了您的问候，她高兴得流下热泪，要我恳恳切切地代她向您问候。

我现在遗憾地感到，万事都学习得不够。本来父亲告诫我说："家务乃女子分内之事，宜悉心练达。"未嫁时虽也决心做到，但由于女人的浅见，竟以为这类小事，随时都可以学会。于是，遂虚掷光阴。到如今，不是懊悔那时学习此事多好；就是想，那件事已经忘怀。憾事甚多，不胜烦恼。您曾要我力攻英语，我也决心全力以赴。但迄今总是凭几而坐，听候婆母有何吩咐。因此，暂且以学做家务为要，请万勿介意，不知尊意如何。

真叫人不好意思。妹常常感到寂寞、悲伤、百无聊赖，盼望能够早日见到您。假如有翅，真想立刻飞到您的身边。妹日日夜夜，拿出您的玉照和在军舰上的芳影观瞻。世界地理，我在校时漫不经心地荒废了。而近来，又将遗忘了的地图取出查找："今天军舰在此""明日，后日将是何方……"用铅笔在地图上寻找，标记。啊！假如我生为男人，定要做一名海军，永远伴随着您。每当心头泛起这种不着边际的奢望时，尽管自谴自责，但仍是终日陷于遐思冥想之中。从前并不注意看报纸上的天气预报。尔今，明明知道君在所报的范围之外，但当发出大风警报时，小妹实在担心。请千万,千万，保重贵体……

　　此致

想念的武男兄

浪子谨启

……迩来总是梦见您，真有一日千秋之感。昨日也伴君在舰，开往伊香保采蕨。突然，不知何人站在你我之间，我便看不清您的身影了。我眼看着从船上坠于大海，便梦中叫喊。这时，婆母叫醒了我，逐渐地才静下心来。一切都等你回来详谈，妹无日不遥望东方。说不定此信你收不到，但还是寄到夏威夷的火奴鲁鲁……

　　寄给无限思念的

武男兄

十月 × 日

浪子谨启

中卷

一、小别重逢

1

川岛寡妇从暖炉旁回头，瞧了一眼壁龛里即将敲响午后八时的座钟。

“八点……该回来了呀！”她边喃喃自语，边从容不迫地伸出她那肥大的手，将烟匣拉了过来，一连吸了两三支，便侧耳静听。这里虽然是高地住宅区的新正之夜，却依然车水马龙。邻家大约是中彩的兴致正浓，年轻男女的语声不断地隐隐传来，时而哄堂大笑声也听得真真切切。川岛寡妇咂嘴说：“干什么呢？啧！一到赤坂去，总是那个样……阿武有阿武的一套，阿浪有阿浪的一套，娘家有娘家的一套。如今的人，这样可不行！”

她想再支起腿来，却触动了宿疾神经痛的痛处。“唉哟，好疼……”她万分恼火，将烟钵的边缘狠狠地拍打几下。“阿松，阿松，阿松！”她厉声叫喊女仆。这时，传来了缓慢的应酬声：“您回来啦！”两辆车隆隆作响，雄赳赳地闯进大门。

女仆将正月初三穿的盛装前襟踢开，疾步跑来，双手拄席：

“有何吩咐？”

“干吗慢腾腾的。快到大门口去！”

女仆被申斥一通，慌忙退下。脚跟脚，武男走来，以庄严的声音说道：

“妈妈，我回来了。”

说着，他边拂去前襟灰尘，择下手套，跨进门来。浪子身后跟随，将武男的大衣和她的女式大衣递给婢女。丈夫拉她，她便顺从地落坐，双手拄席。

“妈妈，回来得太迟了。”

“噢，回来啦！这么晚。”

“啊，今天，到加藤家去，他们说：‘若去赤坂很凑巧，一同走吧！’加藤大姨，还有千鹤子，五名总动员出发了。赤坂方面也非常高兴。赶巧没有来客，谈得很起劲儿，一下子回来晚了。啊，醉啦。”他按着像熟透了的桃子似的脸蛋，将女仆送来的茶一饮而尽。

“是呀，那么热闹可不错。赤坂那边也都好吧？阿浪！”

“是的。叫我捎好哪！一直没来给您请安……给了不少礼貌，我都一一致谢了。”

“礼品嘛，阿浪……噢，这个，这个。”武男说着，接过浪子递来的盘子，放在母亲面前。盘里装着一对野鸡，还有鹬鸟、鹌鹑，等等，堆得很高。

“是猎物？这么多……可以吃顿丰餐了。”

“是这么回事，妈妈。据说这一回空前地大打其猎，弄得年三十晚上才回家。赶巧今天正想派人送来呢。听说明天野猪可能出现……”

“野猪？说什么要打野猪？不假，我比他大三岁，阿浪，他从前就是个健壮的汉子呀！”

“是这么回事，妈妈！他老人家非常健康，听说这一次还是三天二日的在山上拢火露宿。他说对年轻人不服气，还是那么神气十足。”

“会的。像妈妈这样犯了风湿症老病，算没什么指望了。人，有病顶糟……噢，转眼已经九点啦。给他更衣，休息吧！噢，还有，小武，安彦来过啦……”

“千千岩？”

“说找你有事。”

武男略作沉思。“是呀！我也有事一定要见他。怎么，妈妈，在我外出期间可曾来过借钱？”

“为什么……没有这事呀……为什么？”

“噢……我略有耳闻……最近找个时间，我见见他……”

“噢，对啦，还有，山木来了。”

“啊，那个混蛋山木？”

“他来……噢，对啦。他说十号宴请，请你一定去。”

“真是个讨厌的家伙。”

“去吧！他不会忘记你父亲对他的恩情吧！”

“那么……”

“唉，不要说别的，去吧……噢，我也睡吧！”

“妈妈休息吧！”

“妈妈，我更衣之后，再来看你老人家。”

小夫妻挨着肩，双双回到卧房。浪子叫用人给丈夫脱下西装，洒脱地穿上琉球绸的一身棉袍。武男随随便便地系好白绸腰带，在椅子上悠然落坐。浪子吩咐仆人将西装打扫灰尘后，挂在客厅套间的衣挂上，再送红茶来。然后，她走进丈夫的卧室。

“您累了吧？”

武男边喷吐着青烟，边瞧看贺年片，抬起头来说：

“倒是浪妹累了吧……啊，漂亮！”

“？”

“就是说，你是一位美丽的新娘！”

“唔——说那些话，不爱听。”

她刷地满脸通红。由于灯光耀眼，扭过头去。那张常常显得苍白的粉脸，今天却红扑扑的，宛如樱花娇色；乌亮的发髻，犹如明镜辉映。浪子穿着白鸦鹋绣花裙襟的一身青，扎着纯白色刺绣的腰带，是碧玉上刻着勿忘草的别卡（这是今番武男从美国带回的）。她四分羞怯，六分含笑，嫣然伫立于灯光之下。虽是妻子，武男却感到神圣不可侵犯。

“真的。浪妹换上这身衣服，就像刚进门的新媳妇似的。”

“乱说……再说那些话，我就走。”

“哈哈……再不说，再不说。别溜走呀！”

“嘿嘿……我换了衣服就来。”

2

武男于客岁孟夏，新婚燕尔不久，即远航离乡。本应秋日归来，但因抵旧金山时出了事，需要修理机器，因而误了归期，临近腊月才回国。今天正是大年初三。连连拜年后，伴着浪子从加藤家去拜访浪子的娘家。

武男了解母亲思想守旧，不管怎么说，是厌恶洋化的，因此，躺在床上，以匙进餐之类，连想都不敢想。不过，的确，惟有少爷享有几分治外法权。他居住的二十平方米的卧室，可谓中西合办。炕席上铺着绿色绒毯，几案旁置有两三把座椅。壁龛里悬挂着唐朝的山水画。关好的和式书箱和洋装本的书架，遭到冷遇，被放在角落里，正面的壁龛里装饰着父亲的遗爱——备前国①著名刀工兼光亲制的一把刀；军官帽和望远镜分挂在两个搁板，短剑挂在屋柱上。还悬挂着许多相框，其中还有众人乘上的军舰。照了许多穿制服的年轻人的照片，想必是在江田岛时所摄。案上也放了几张照片。双亲并肩，一名五六岁的男儿倚在父亲膝下，这是武男

① 古国名，今冈东县之东南部。

幼小时的留影。那一张六英寸、穿军装的单身像，是岳丈片冈中将。老爷很年轻，不大像个粗疏的人。看那几案整然，角角落落，一尘不染。况且，在铜瓶中插着早开的梅花一两枝，别有一番情趣。这表明温暖的心、深切的关怀和熟练的手经常光顾。诚然，将军在铜瓶之下，沁着花香，在一颗心形的相框里微笑。

灯光照亮了室内的各个角落，绿色绒毯上，盆里的炭火在喷吐着紫红色的火苗。

虽然世上的欢快寥若晨星，但是，长途旅行，无恙归来，脱下征衣，换上舒适的便服，耳闻窗外的潇潇夜雨，将双腿伸进卧室的暖炉，听那耳熟的挂钟嘀嗒地响，也算堪称一大快事了。何况老母健在，娇妻疼爱入微。武男吸着烟草的芳香，怡然自得地托身于安乐椅的康宁，正在饱享这番欢快。

心中只有一点黑影，那便是适才听母亲说过，此刻又在名片中发现的一个名字——千千岩安彦。

关于千千岩，武男今天已经听到过一些可厌的消息：那是古历腊月某日的事，有人给千千岩写一张明信片，寄到他任职的参谋本部。偏巧千千岩不在，据说某某同事漫不经心地看了，原来是某某臭名昭著的高利贷者写来的一封催债书，而且将欠款金额，朱笔大书。事情并不那么简单。当时，参谋本部的机密，常常不知泄露到何处，竟为投机商人广开财路。而且，有人在千千岩不该出没的经济市场上见过他。总之，因为种种疑云落在千千岩的头上，参谋本部的长官、本是姻亲的岳父片冈中将说：要忠告千千岩，今后必须当心，而且要自勉自戒。

“真是个没办法的人。”

武男自言自语，又浏览了一遍千千岩的明信片。而且武男心里决定：一切都当面直截了当地问个究竟吧！他的心又幡然恢复欢乐的气氛。浪子换了衣服，将亲手冲好的红茶斟上，笑盈盈地走来。

“噢，红茶，这可谢谢！”武男离开坐椅，在火盆旁盘腿大坐。“妈妈怎样？”

“刚刚睡了。”浪子边劝武男趁热喝，边继续瞧着丈夫通红的脸，说：“头痛吗？你本来不能喝酒嘛！都怪妈妈那么勉强你。”

“哪里！今天真是高兴。浪妹，岳父的谈吐太有意思，就连不爱喝的酒也都喝下去了。哈哈哈……真的，浪妹，有个好爸爸，浪妹！”

浪子微微一笑，忽地瞟了一眼武男说：

“况且……”

“咦？什么？”武男惊奇的面上故意虎目圆睁。

“不知道，嘿嘿嘿……”她的脸刷地红了，低着头搓弄戒指。

“噢，了不起！浪妹什么工夫这么会奉承人？看来，只送个领针，还是太亏待你了。哈哈……”

浪子用烤火的手心托住忽地变成粉红色的两腮，轻轻叹息一声，说：

“真的……很长时间，妈妈……多么寂寞啊！一想到您又将赴任，不免觉得时光过得太快，有什么办法！”

“假如想一直待在家里，正好，到了三天头，阿浪，应该出去运动一次吧？是吧？”

“唉，说些什么！……再斟上一杯茶吧？”

武男将浪子双手捧呈的红茶啜了一口；将烟灰砰砰磕在

火盆边缘，麻利察看一下四周，说：

“半年多，在吊床上颠簸。一回到家里，住这二十多平方米的房间，宽宽大大，几乎觉得太过分。一切的一切都妙极了，简直是个极乐世界。浪妹……啊，我总觉得像在重度蜜月。”

的确，新婚不久，便夫妻小别，半载重逢。此时此刻，正想重温新婚燕尔的情景，一并庆贺新正。

谈话时时中断。二人如痴似呆，惟有相对微笑。二人拥炉对坐的周围，有寒梅幽香，淡淡袭来。

浪子猛然想起一件事，抬头问道：

“山木那儿，您去吗？”

“山木哇，妈妈已经那么说，不去，怕是不行的。”

“嘿嘿，我也想去。”

“去嘛，去吧，一同去！”

“嘿嘿……算了吧。”

“为什么？”

“怪害怕的。”

“害怕？怕什么？”

“他恨我。嘿嘿……”

“恨你？恨？恨阿浪？”

“嘿嘿……会有人恨我的。那位阿丰小姐……”

“哈哈哈，胡说，真混！浪妹，那个蠢丫头真也没办法。那样的姑娘也有人娶？哈哈哈……”

“婆母说过：千千岩和山木过从甚密，如能娶阿丰才好。”

“千千岩？千千岩？那家伙真是不成器！我知道他这个人狡猾，但是没想到他会摊上那种嫌疑。唉，如今的军人，实在不像样子，丝毫也没有昔日武士的风度，全都只顾攒钱。唉，我倒不是说军人就非受穷不可。节省开支，积累恒产，以便一旦急用，可免后顾之忧，这本是理所当然。是吧，浪妹！然而，那些理应以身成为卫国干城者，或以放高利贷为副业，或克扣可怜士兵的粮饷，或勾结御用商人，巧取不义之财，这，岂非不可饶恕吗？而且，着实令人不快的，是赌博。我的同事当中也有人偷偷地赌博，实在叫人讨厌得很。如今这些家伙，只知道媚上刮下！”

这位尚且没有经验的海军少尉，仿佛大敌当前，暴跳如雷，一连串地猛攻猛打。浪子却听得入迷，甚至刻骨铭心，夸他说得天经地义。心想：武男快些当上海军大臣或军机部长吧！要使海军内部的风气焕然一新。

“真是这样。嗯，我倒不大清楚。不过，我爸爸当大臣的时候，也是常有人求他办事，送些各色各样的礼物去。我爸爸最忌讳这种事，他说：办得到的事情，不来求情也办得到，办不到的事情，求情也是办不到。可他左推辞、右推辞，还是巧立名目，带些问题来。爸爸说了几句戏言：‘怪不得都想当官哩！’说罢，笑了。”

“是这样吧！不管陆军还是海军，都一个味儿。金钱世界嘛。阿浪，呀！已经十点了。”说着，他回头看了一眼正丁冬报时的挂钟。

“真的，时间过得好快呀！”

二、拂袖而去

1

芝樱川小镇的山木兵造别墅，虽然算不上格外宽阔，但是，从街外到西久保丘陵的一部分都圈了进去。庭中蓄水、垒石，高有路，低有桥，遍植枫樱松竹，相映成趣。这里有石灯笼，那儿有雷公祠，深处意外的筑有亭榭，不禁令人惊讶：府内竟有如此院庭！不过，这可是山木以不义之财、应不义之需而建成的万金海市蜃楼啊！

时间已经过了午后四点。当昏鸦啼声远近传来时，有个身着和式礼服的男子，穿一双家用木屐，将别墅的喧嚣撇在背后，走在日影微微的筑山路上。他便是武男。因母命难违，今日便前去山木家赴宴，和素不相识的宾客为伍，无聊地举起并无兴致的酒杯。形形色色的娱乐节目完毕，便是群魔乱舞，顿时形成酒不择礼的场面，百般丑态，层出不穷。武男本想早些退席，但因山木频频劝阻，而且他想见千千岩，等不到他酒酣耳热，是走不成的。不得已，只好留步，他悄悄离席，让晚风冷却滚烫的耳际。走到一个无人的角落。

武男经岳父指点，要注意千千岩。归后两三天，一名拎着鳄鱼皮手提包的陌生汉子突然到川岛家来访。他拿出一纸文书，催讨没有影儿的债款。文书上的债主，看名字与笔体，确是千千岩安彦，保证人显然签署的是川岛武男的名字，而且清晰地印了本人图章。这是怎么回事？据来人称：债据已经过期，债户尚未履约，而且突然不知迁往何处。去官衙一问，说什么因公出差二三日。终于未得晤面，万不得已，才贸然来访。文书履行过正式手续，再看抽出的几封往返书笺，准确无误，全出于千千岩手笔，武男深感意外。为了问个究竟，不仅母亲，即使管事的田崎，也不记得有过那种交涉，并且声称，他从未借出过图章。将风言风语和这一事实对照思量，武男便也猜出了个七八分。赶巧那天千千岩寄信来，希望第二天能在山木家的宴会上晤面。

武男只盼和千千岩见上一面，该问者问，该说者说，然后速速归去。但是千千岩迟迟不来。武男将胸中的忿忿不平，借纸烟的云雾喷吐出来。他攀上山崖险路，转过嫩竹林，只见常春藤的叶荫下有一小亭，便不由得坐下。忽听一旁小路传来低齿木屐的响声，倏忽间竟与丰子对面。但见她挽着高岛田式发髻①，身穿绣有松竹梅花样的淡紫色绉绸的三层小袖和服，仿佛竞赛服装之华丽似的，从林荫间隙中逐渐露出身影。她自己并不觉得这打扮奇特，一对小眼睛眯缝得更细。

“在这儿呀！”

武男虽曾挺立于三十厘米的巨炮面前，却为这不意之敌的偷袭捏了把汗。他把脸一沉，仓皇收兵潜逃，丰子便慌忙追赶。

“先生！”

“什么事？”

“爸爸叫我给你做向导，参观院庭。”

“向导？我不用向导。”

“可……”

“我自己走路更随便些。”

你以为如此严厉的拒绝，任何强敌也会被击退吗？可她

① 发式的一种，发髻梳得很高。

仍然死皮赖脸地缠着不放。

“您不要逃跑嘛！”

武男一时不知所措。原来武男和阿丰，还是武男父亲做某地知县时，阿丰之父山木也在属下为吏，时有往来。那时，儿女之间也常常见面。十一二岁的武男常把阿丰打哭，他却笑；而阿丰一边哭，一边又形影不离。星移物换，人亦渐长。武男今日已经娶了新娘，而阿丰依然是当年胡闹的娃娃。她对自称川岛男爵的年轻人怀着绵绵不尽的思念。武男纵使是粗犷的海军士官，也并非不曾蒙眬地察觉。他偶尔出没于山木家时，采取尽可能小心和少接近为佳的方针。可是今天竟然糊里糊涂地中了伏兵之计，而且一筹莫展。

“逃跑？我丝毫也没有必要逃跑。我是想到哪儿，就到哪儿。”

“您，这太过分了。”

武男又是好笑，又是发傻；又是为难，又是生气。他想走，却被拖住；想逃，却被缠住不放。可怜，在静寂无人的院庭角落中重演了一幕新编《日高川》的戏曲。武男忽地想起：

“千千岩君还没有来？阿丰，你去看看！”

“千千岩先生不到天黑是不会来的呀！”

“他经常来吗？”

“昨天还来了哪。和爸爸在里屋不知谈些什么，谈到很晚哪！”

“噢，是呀。不过，说不定已经来了呢。你去看看不行吗？”

“我不嘛。”

“为什么？”

“可，你不是要逃跑吗？不管你怎么讨厌我，怎么夸浪子漂亮，我可不能死乞白赖地追求你哟。”

看天气，说不定有雨。武男术尽技穷，正想阔步逃脱。这时，侍女呼唤道：

“小姐，小姐！”

她被扣留了。“还不趁此时机！”武男突然绕过竹林，大跨二三步，才松下心来。

“真是个难缠的女人！”他边喃喃自语，边向房屋那没有再被奇袭之忧的堡垒走去。

2

日暮时分，宾客散去；白昼的喧闹，只在厨房留有余音。主人山木，脱下和式礼服，推开烟钵，拖着步履蹒跚的脚步，来到最深处的小屋。他那秃光光的前额大汗淋漓，在灯光下越发的明亮。他颓然落坐，说：

“少爷和千千岩君，叫你们久等了，失敬，失敬。哈哈……今天托福开了个非凡的盛会……噢，武男少爷太没有酒量。又缺乏礼貌，又没有酒量，不像个军人嘛。可他父亲了不起哟！虽然上了年纪，还说：‘山木兵造……怎么，喝一升，没事儿！’”

千千岩的墨色水晶般的眼球注视着山木。

“您精力非常充实呀，山木君！发财吧？”

“发财！哈哈……噢，提起发财……”山木好歹将满是灰土的烟袋含在嘴里，吸了一口说：“这个，这回××××假装出门，实际上是侦查内情。对方也正处于万般为难之际，可是出乎意料地谈妥了。关于事业，大有希望。不久内地来人杂居，那就越来越妙了。怎么样，少爷！用田崎君的名义也行，豁出两三万元吧。一定能叫你发财！”山木酒醉心明的话语，比美酒还甜！千千岩瞟了一眼默默端坐的武男，说：

“××××，的确在菜市街。听说他成了暴发户！”

“唉，发财啦。可他混干，干垮啰。如果弄得好，那可是稀有的摇钱树哟！”

“这太可惜啦。像我这样的穷光蛋是毫无办法。武男君，怎么样，助一膀之力吧？”

武男从一开始落坐，就始终保持沉默，眉宇间毫无掩饰地呈现出怏怏之色。他逐渐地将愠色揉进饱含着愤怒的目光，用眼梢等分地瞧着千千岩和山木二人。

“二位盛情，实不敢当。像我这样人，说不定几时成为鱼饵、几时成为弹片或榴弹炮的轰炸目标，没有发财的必要。失礼得很，与其给某公司投资三万元，倒莫如捐款做海员培训费。”武男冷冷落落、斩钉截铁地说。千千岩瞟了一眼他的脸，对山木使了个眼风。

“山木君！这话好像是利己主义。那就以后再说。先提一下我的要求吧。川岛君已经答应，那就照办……你有图章吗？”他掏出一页类似文书的单据，摆在山木的面前。

千千岩的周身笼罩着疑云，这也难怪。他从去年以来，利用职务之便，使山木成为他的参谋和间谍，同分红利。不仅如此，还大胆地挪用公款。本想在蛎壳街的粮米市场抓它万八千元，但却突然遭到五千余元的损失。他勒索山木，搜尽财库，才拿到两千元，还缺三千元。川岛家是他唯一的亲戚。不仅富有，而且孀妇对他的印象不算不佳。但是，千千岩早已洞晓她是个一毛不拔的人。倘如公开提出求她拿钱，一定不会有结果。为了临时弥补漏洞，竟犯下伪造私章罪，伪造了一份和武男联名盖印的文书，借得三千元的高利贷，暂且遮掩动用公款的罪迹。且说，债期逼近，终于连所在的官府也发下了讨债的文书。如今，迫不得已，便劝说赶巧回国的武男，借款三千，偿还那三千元的债。他是企图拿武男的金钱，赎回武男的声名。前此曾去拜访武男，不巧未遇。其后身负重托，出差两三日，尚且不知高利贷者已经去过武男家。

山木点点头，鸣铃命仆人取来印盒，看了一眼文书，从怀里取出图章，在保证人的名下盖了印。千千岩接过文书，放在武男面前。

“那么，武男，文书在此……款子几时提取？”

“款子在这儿！”

“在这儿？别开玩笑。”

“在这儿。那么，三千元，交给你啦！”他从怀里掏出一个纸包，扔到千千岩的面前。

千千岩诚惶诚恐，拾起纸包，笑逐颜开，脸儿刷地红了，又变得苍白。他咬紧了牙，确信绝不是出自高利贷者之手的文书就在眼前。武男对田崎问过事情的经过之后，终于付出了沾污自己声名的三千元。

“噢，这……”

“你是说记不得吗？像个男子汉，老老实实地伏罪！”

千千岩从小至今，一直不把武男放在眼里。可是此刻被他捅了老底。他满腔愤恨，如同燃起熊熊烈火；咬紧了嘴唇，似乎说：“绝交吧！”山木十分吃惊，洋洋得意地擎着烟袋，瞧瞧两个人的脸。

“千千岩，我什么也不说。看在亲戚的情分上，绝不会叫你为伪造私章吃官司。既然已经偿还了三千元，高利贷者的催债函就不会再寄给参谋总部，放心吧！”

千千岩始终羞愧难当，按捺着气炸了的肺。气虽然直扑武男，心却意识到此刻不是辩解之良机，他灵机一动改变了态度。

“喂！你这么一说，真叫我丢脸，进退两难呀。”

“什么事进退两难？你有什么必要借高利贷？不仅违背道义，而且成为法律上的罪人！”

“噢，你听呀！老实说，走投无路啦。我用钱，没处借！如果有你在，那没说的，可以商量。可是跟姑母岂不是碍难启齿吗？虽然如此，急着用钱嘛。心想：对不起呀，对不起……可还是……说真的，上个月弄钱有了点着落，我是想，等还清了债再干脆坦白吧！”

“胡说！想要干脆坦白的人，为什么又偷偷地另借三千元？”

山木见武男直往前凑，气势汹汹，有些慌神儿。

“是这样，少爷，唉，静一静，详情我倒不大清楚。不过，顶多不过是两三千元的事。姑念两家是亲戚，还是息怒。少爷！千千岩君也不对。不对是不对，少爷……这事情若是声张出去，千千岩君的前程可就一下子毁啦。少爷！”

“因此，三千元已经替他付了。我不是说过不告发吗……山木，这事与你无关，你待在一旁！我不告发，但是，友谊到此为止，今后绝交！”

千千岩意识到事到如今，没什么可怕，便胆大起来，态度变得冷嘲热骂：

“绝交？我倒不怎么悲伤，不过……”

武男双睛似火，炯炯闪光。

“你的意思是，绝交也没关系，拿出钱来？你这个软骨头！”

“什么？”

面对双方怒火冲天，醉意稍醒的山木实难容忍，便插在二人之间：

“少爷，千千岩君，都冷，冷，冷静，冷静！这一来……是这样，等等，等，等等。”他在不住地打圆场。

武男被拉住，沉默片刻后，凝神注视着千千岩的脸。

“千千岩，不再费话啦。你我从小像亲兄弟似的在一起长大。实际上无论论才华还是论年龄，我都把你当成兄长。本想今后携手并进，尽力为您效劳。老实说，直到今天，我都确信你不会有这等事。然而，我完全被你出卖了。出卖了我，这只不过是一个人的事；可是，你进而……唉，何必说这些，我不说什么。不过，姑念从前的友谊，我略进一言：人的耳目难防，你已经被注意啦，因为你干了与军人体面有关的事。你们把金钱看得高于一切，所以，说这些也是白费唇舌。不过，你多少要顾全点脸皮。好吧，不会再见面了，再给你三千元。”

武男大义凛然地愤愤而言。他拿起身前的文书，哗哗地撕得粉碎，忽地起立，走进另一个房间，火急离去之势，竟冲倒了早就藏在这里偷听的姑娘阿丰。他将“哟”的一声喊叫抛在后边，大步向正门走去了。

山木和千千岩全都傻了，面面相觑。山木说：

“还是个小孩子呢。不过，千千岩君，绝交费三千元，这可发财呀！”

千千岩凝视着散散落落的文书纸屑，默默咬紧了嘴唇。

三、婆媳之间

1

二月初，浪子偶染感冒。也曾见愈，但因某夜为婆母赶制棉背心直到深夜，以至病又复发。今天已经是二月十五日，浪子病情仍未好转。

“今年太冷！”“今年太冷！”这本是年年惯用的一句话。然而惟有今冬，冷得史无前例。朔风日日呼号，纵使不夹雪带雨，也宛如刺骨剔髓。强者病，病者亡，报纸的广告栏里，黑框讣告越来越多。严寒不去，体弱的浪子便微恙不绝。虽是不值一提的重病，但总觉得头部发沉，食不甘味，一天挨过一天。

时钟正敲两点，宛如夜蝉高奏。丁丁当当响过之后，长时间的万籁俱寂，使秒针的嘀嗒作响，显得更加静悄。是一个难得的艳阳天。抹着淡绿的初春天空，虽有四层格子门遮挡，却也日光悠悠，照满了窗门；充足的阳光透过纸背，明亮地洒在仰卧着的浪子那双织黑色苏格兰斜纹呢袜子的手指，洒在她披散在比瑞雪还白的绣枕上的一头篷乱乌发。左边的纸格门摇摇曳曳的南天竹影倒映在水盆里；右边的门，清晰地印上了枝桠纵横的干枝梅。梅影中蓓蕾初结，花朵寥寥，疏疏落落，但也可以察知早来的春讯。

纸格门的窗纸映上了小猫的头部。天气暖和，羽虫飞舞，猫儿盯住，跳跃扑捉。扑捉不成，又摔落下来。猫儿却像满不在乎的样子，悠闲地舔自己的爪，以致门纸上映进的猫儿不住地点头。浪子含笑，观看此景。日光晃得她蹙起眉峰，闭上眼睛，感到心旷神怡。她转过身去，抚摩着新织的袜子，勾针又开始纵横穿动。

走廊橐橐响起沉重的脚步声，从矮矮的影壁门那边传来。

“精神好吗？”是婆母坐在枕边。

“今天特别好，能起来啦。”浪子放下织品，整理一下凌乱的衣领，将欲起身，婆母按住说：

“这，这可不行。这不行。不是外人，不必客气，唉，唉……还织东西，这不行，病人休养就是工作，嗯？阿浪！你一为武男做活，就不管不顾的。不行啊，快养你的病吧！”

“真对不起，净闲着没事儿。”

“这是客套。唉，我顶不喜欢。”

毋须粉饰，女人们常常嘟囔：如今的媳妇慢待公婆。浪子并不这样，难道不庆幸自己喜出望外吗？浪子从在娘家的时候，嘴上不说，却暗暗地对继母万般喜欢洋气感到遗憾。因此，在一家的礼法上，自然而然地崇尚起古典风格。

婆母忽然想起：

“噢，听说武男来信了，写了些什么？”

浪子从放在枕边的一封信里抽出信笺，递给婆母。

“说这个星期天一定回来哪！”

“是嘛。”婆母溜了一眼，卷起信来。

“该转地治疗？这么冷，动一动身子你瞧，没病也会生病。若是感冒，安静地躺下，就会好的。阿武还年轻，乱吵乱嚷：‘换换医生吧，转地疗养！’我年轻的时候，肚子疼，不得安眠。即使临产，也没休息过十天。社会开化了，人可都软弱啦。哈哈……阿武是这么写的：‘有母亲在，就不担心了。’哈哈……喂！”婆母口里哈哈大笑，眼里却有不悦之色。浪子望着婆母走去的背影说：“请原谅！”

说着，边起身相送，边轻轻地叹息。

婆婆妒嫉儿媳，这倒是不会有的。但是，浪子觉得丈夫回来以后，婆媳间总像呈现一种不正常的关系。武男远航归来，见到浪子消瘦，虽是粗心的男子，也料到他离家后浪子的操劳，因而怜爱浪子。对此，婆母有些闷闷不乐，那副神情，是逃不过聪明的浪子眼睛的。有时，孝亲（婆母所言）与爱夫，歧路彷徨，难于两全，浪子暗暗陷入烦恼。

“太太！加藤家的小姐光临。”

浪子在女仆的呼喊声中睁开眼睛。一见来客，登时喜上眉梢。

“啊，千鹤妹妹，欢迎您来。”

2

“今天怎么样？”

将淡紫色防寒头巾和挎包一同放在一旁，站到浪子枕边的，一看就是个飒爽英姿的姑娘。她梳了个十七八岁的岛田式发型，天蓝色斜纹的女式大衣，包裹着苗条的身姿；月牙眉十分清秀，黑眼珠格外森严。浪子常说的姨母加藤子爵夫人的长女千鹤子，便是这位小姐。浪子与千鹤子是一岁之差的表姊妹。从在幼儿园，二人便十分友好，胜过手足。浪子的妹妹驹子曾经抱怨："姐姐只和千鹤子好，所以我烦她。"且说，浪子嫁到川岛家之后，其他同学都自然而然地疏远，而千鹤子却窃喜相距甚近，常常往来。在武男远航离家期间，能够安慰浪子寂寞多愁之心的，除了武男火热的书信，最珍贵的便是千鹤子的来访。

浪子微笑说：

"今天非常好，可是头沉，时常咳嗽。"

"是呀，冷吧？"千鹤子回头瞧瞧毕恭毕敬送来坐垫的女仆，在浪子身旁坐下。将宝石戒指璀璨发光的手伸在桐木框火盆上，烤一会儿，贴一下樱花般艳丽的两腮。

"姨妈和姨父都平安？"

"啊，叫我捎好哪！他们说天太冷，不知什么样，担心着呢。时令违抗不得。倘若稍微见好，就到逗子去转地疗养。昨夜还和妈妈谈起这事哪。"

"是吗？横须贺来信，刚好也是这么说的。"

"是哥哥来信？是吗？那就快些转地疗养才好。"

"可是，这次流行感冒，不当心些可不行啊！"

这时，仆人送茶。浪子敬客。

“阿兼？婆母呢？有客人？是谁？家乡客？……千鹤子来啦。今天慢慢坐，好吧？阿兼！给千鹤子做点什么好吃的？”

“哈哈……我来一百回啦。总是做好吃的，受得了吗？等等。”说着，她拿出一个两层方巾包好的小包，说：“这边姨母喜欢吃胡枝子。不多……若是有客人，就以后再给她。”

“啊，谢谢！真是……多谢啦。”

千鹤子又拿出红皮橘子，说：

“好看吧？这是我的礼品。不过，酸得要命哟！”

“啊，真好看，给我剥一个吧！”

千鹤子剥了一个递给她。她吮得津津有味，将垂在前额的发丝，一掠再掠。

“讨厌吧？干脆挽个发髻不好吗？哈，真有意思。喂，挽吧……你别动就行。”

千鹤子熟悉客厅套间里的梳妆台上有木梳，便取来，轻柔地给浪子梳头。

“啊，啊，昨天的同窗会——给你来请帖了吧？啊，可有意思啦。都叫给你带好哪。哈哈……离开学校才不到一年，已经有三十一名出嫁了。真滑稽！大久保，本多，北小路，都挽上了发髻，很像个大媳妇的样，多逗人……不痛吗？哈哈……我想听她们说些什么，可全是些自吹自擂呀。是呀，是呀，谈起了'亲子分居论'。北小路说她家务事一点儿也不会。只因婆母对她非常慈祥，所以，主张必须同居。而大久保说婆母太唠叨，因而是主张'分居论'的勇将。这真可笑。我不免插科打诨，她们就说：'千鹤子还是门外汉，对她无可奉告。'这是否有点过分了？"

"不，那一定很有趣儿。哈哈哈，人们都从个人的角度自作主张。反正情况千差万别，不能一概而论，哎，千鹤子！记得姨母也那么说过，说全听年轻人的，那就太随便了。真是这样。慢待老人，那太亏心呀！"

浪子不仅受中将的教育，而且自然地对家务怀有兴趣。她在娘家的时候，就旁观继母管家，暗自持有不同的己见，但等自己成为一家女王时，必将家务处理得井井有条。她心怀此志，已非一日了。然而，自从嫁到川岛家，一切大权握于摄政太后之手。浪子作为太子妃，却身在其位，不谋其政。浪子有见及此，便主动退让，置身于婆母统治之下。她彷徨于母子二人之间，暗自怨恨不能尽情地服侍自己的丈夫。每当这时，她也曾怀疑：自己认为不合国情、而继母十分得意的“亲子分居论”，说不定是真理？然而，正是因此，浪子反倒暗记在心，不改初衷。

浪子在继母手下度过了十年，如今又在婆母身边积累了刚刚一年的经验。千鹤子不可能摸透表姐的心思，边将白发带扎在三分乌发的发梢，边瞧着浪子的脸，低声问：“听说近来心情还不好？”

“患病以来，对我还好。不过，我对武男的百般恩爱，婆母都不高兴，这叫人为难。而且，武男经常对我说：‘在这个家，妈妈就是女皇，不论比我，比任何人，都要更加尊重……’啊，别说这些啦。啊，真快活！谢谢，脑袋轻松了。”浪子边说，边抚摩她那三分的发型，她实在感到疲乏，便闭上了眼睛。

千鹤子收起梳子，用纸擦擦手，站在梳妆台前，边揭开一个小盒盖，边说：

“这小瓶百看不厌，哥哥真行。像我家哥哥（指的是定为千鹤子入赘女婿的俊次，目前在外务省供职），总说什么：做外交官的妻子外语不好不行，最好学法语，德语是必修课。总是教训人，真糟！”

“哈哈……真想早日看到千鹤子挽起发髻。当然，不要这岛田式发，也怪可惜的。”

“唉，烦人！”她皱起眉来，一个一反常态的微笑飞到蔷薇花骨朵似的嘴唇。

“啊，荻原小姐，比我们早毕业一年。”

“是嫁给松平先生的那位吧？”

“对呀，就是她。听说昨天离婚了。”

“离婚？为什么？”

“这个嘛，公婆称心，可是松平讨厌她。”

“有没有孩子？”

“有一个孩子。可是，松平讨厌。近来又是娶妾，又是设外室，净是胡闹。据说荻原的父亲火了，说：那么薄情的男人，我姑娘不能给他，终于把荻原带走了。”

“啊，真可怜。为什么讨厌她？真冷酷。”

“真气人。若是倒过来么，还差不多。虽然公婆中意，可是丈夫不喜欢，弄成了那种样子，太苦啦。”浪子叹了口气。

“同是一个学校出身，在同一个教室读同一本书，可都东分西散，不知命运如何。千鹤妹妹！我们永远友好，以后互相支持吧！”

“太高兴了！”

四只手自然而然地握在一起。隔了一会儿，浪子微笑道：

“这么一躺呀，哎，想到了许许多多的事。哈哈哈，别笑嘛！再过若干年，可能和某个外国打仗吧？日本会获胜吧？这一来呀，千鹤妹妹的家兄当了外交大臣，要到对方那儿去媾和吧？还有，武男当了舰队的司令官，将几十艘军舰横列在对方的港口……”

“其次，赤坂的姨父当军司令官，家父在贵族院表决，拿出几亿万元的军费……”

“那时，我和千鹤妹妹打着红十字的旗出发。”

“可，身板软弱就办不到啦。哈哈……”

“啊，哈哈哈……”

随着浪子的笑声，突然一阵咳嗽。她连忙按住胸部。

“说话太多不行吧？胸部痛？”

“时常一咳嗽，这儿就震得难受！”浪子说着，目光忽地凝视着纸格门上，日影逐渐地暗淡了。

四、夜来风雨

1

山木在内宅的小耳房里，始终遭到武男的羞辱。他忌愤之情，犹如烈火。千千岩回到宿处，从那一夜只过五日，便突然被调离参谋总部，去第一师团任某连干事。

人的一生，命途多舛，宛如苍天单选一人，进行无限的折磨与鞭打。常言道：“黄蜂单螫泪满面。”在千千岩来说，至少是有过这么一个时期的。客岁以来，千千岩陷入困境；事到如今，已经无望摆脱险关。浪子已被武男抢走；插手交易，又屡遭失败；被一向当做毛孩子而予以鄙视的武男所辱，形同部下。于是，和唯一的亲戚川岛家断了往来。到头来，连唯一的进身捷径——死也不肯离开的参谋总部，也一句招呼都不打，便被革职，在师团里当了个一向被视为牛马的士官。呜呼！心怀鬼胎的千千岩，如今不便提出抗议。过哪河，脱哪鞋，他便厚着脸皮去练兵行军。然而，这次打击，严重刺伤了他的心。他一向遇事不慌，冷静若素。如今想来想去，感到满腔愤恨在翻腾，甚于烈火。

他头顶灿烂的名利金冠，攀上了登则必有所得的进身阶梯。已经爬上了一级，两级，突然被一脚踢开，摔了下来，落得这般下场。下脚的人是谁？他从武男的只言片语中了解到，参谋总部部长和片冈中将乃莫逆之交，因此他疑心，至少片冈中将是给出谋划策了的。他奇怪一向并不看重金钱的武男，为什么只为三千元（尽管有伪盖私印的情节）便格外恼怒？甚至疑心是否浪子说起往事，在武男面前进了谗言？越捉摸，越觉得情况属实，便火上浇油，将失恋、失足的恼恨、失望、不平与妒嫉等错综复杂的恶感，一古脑儿倾泻到浪子和武男的身上，犹如熊熊烈火。千千岩经常吹嘘自己头脑冷静，笑他人情深忘我之愚。然而，屡败之下，委实心乱神狂。假如无处倾泻那满腔怨恨，似乎千千岩安彦自己的五尺之躯便将毁灭。

复仇！复仇！此时此刻，仿佛对于妒恨的世上洋洋自得的那个人，喝了他的血，餐了他的腮上肉。复仇，复仇！啊，如何复仇，如何发现地雷火坑，使片冈、川岛两家死于非难。而我要力争在绝对安全的地方拉开火线，叫我所憎恨的人们心伤肠断，骨碎脑流，将他们活生生地置于死地。怎样才能欣赏这一光景而早日喝上一杯呀！这便是一个月来，朝朝暮暮盘旋于千千岩脑海中的课题。

梅花似雪的三月中旬。某日，千千岩为迎接过从甚密的老同学从第二师团调来东京而亲往新桥。走出候车室时，赶巧遇上一位高身材的贵妇，携一豆蔻芳龄的少女，从妇婴候车室走出。

“真是幸会！”

是繁子夫人带着驹子。夫人停下脚步。千千岩霎时变了颜色。他打量一眼对方，突然换了一副表情，立刻决定：可恨的是片冈中将和浪子，至少没有必要仇视这一位。他毕恭毕敬地施礼，面带微笑说：

“久违了！”

“好像非常厌弃我们啦？”

“哪里，本想拜访，只因公事在身，琐务繁忙……今天这是去哪儿？”

“啊，到逗子去一趟。您呢？”

“唉，去接一位朋友。您去逗子，是疗养吗？”

“噢，您还不知道？有人病啦。”

“病人？是谁？”

“浪子。”

这时铃儿响了。人如潮水，涌向验票口。少女扯着母亲的衣袖：

“妈妈，别误了火车。”

千千岩迅速接过繁子夫人手里的挎包，陪伴着往前走。

“这，怎么，病情很不好吗？”

“终于成为肺病啦。”

“肺病？是结核？”

“哎，严重的咳血。所以，前些天到逗子去了。我今天去瞧看她。”说着，夫人接过千千岩手里的旅行袋。“好，再见！我立刻回去，请到家串门吧！”

千千岩眼望着华丽的山羊绒披肩和扎红色缎带的发辫消失在一等车厢。当他转身回走时，嘴角浮起了骇人的微笑。

2

医生每来诊病，虽然不轻易开口，但是，也不得不承认病已日渐恶化。尽管竭力防止病情发展，但是并不抱希望。虽然肉眼不见，可是，浪子的病一天比一天沉重。到了三月中旬，毫无疑问，已经进入了初期肺结核阶段。

婆母吹嘘自己年老却身体安康，嘲笑如今羸弱的年轻人。原来她还不知道浪子已经转地治疗。现在亲眼见浪子就在眼前不住地咳嗽，这一惊非同小可——她听说过传染病可怕——便听从医生的劝告，雇了一名女护士，将浪子送回娘家——坐落于相州逗子的片冈家别墅。肺结核！宛如茫茫原野上茕茕孑立的孤独旅客，忽见雷阵雨黑漆漆地压顶逼来。病中浪子的心情，恰恰如此。现在，已经打破了可怕的沉默时刻，浪子正置身于电闪雷鸣、黑风白雨之中。她惟有委身于命运，盼着早日冲出这风雨的重围。虽然如此，而那第一次打击，该是何等的残酷啊！记得那是三月二日。这一天，她觉得比任何一天都更舒适，还料理起久久顾不上的鲜花，十分欣慰。她为给婆母房间的花瓶寻找花枝，求刚刚回来的丈夫折了一枝又浓又香的红梅，便在檐下指挥选花，突然胸部一阵发闷，头部昏沉，眼前红云漫卷，她晕了过去。后来，她叫了一声："啊！"吐了一口肺部流出的鲜血。这时，她才想到："啊！不久于人世了。"不知不觉，她渺茫地看见了远方有自己墓穴的黑影。

啊，死亡！浪子以前厌世的时候，曾以为生则何喜，死亦何惧。然而如今，越是珍爱他人的生命，就越是怜惜自己的健康。浪子真想活上一千年！可怜她战胜病魔心切，时时振作起精神，甚至主动催促医生，坚持不懈地养病。

武男在横须贺供职，不过咫尺之间。他时常偷闲来来往往。而且父亲的书信、姨母、千鹤子前来瞧看，络绎不绝。几妈自去年夏天被赶出川岛家，如今有了重逢的机缘，虽然浪子有病可悲，竟也欣喜，对浪子十分亲昵，尽一切可能，比从前倍加热心地服侍。勤恳的老仆，在悉心照料。浪子远离春寒料峭的都城，置身于暖人的湘南[①]空气，日日吸取抚爱大自然儿女的和煦日光，接受周边热心肠人们的深情，心神自然趋于陶然自乐。转地疗养二旬后，已不再咳血，咳嗽也减轻了。就连一周两次从东京来诊病的医生，虽然没有说病已快愈，但是肯定了病情不再发展，高兴地说：“大有希望。”假如再避免剧烈的精神刺激，继续收到安静疗养之功效，肯定是康复在望的。

① 神奈川县的沿海一带。

3

四月初的一个周六。都城里花讯尚早，而逗子一带翠绿的峰峦，已山樱乍放；重重青山，粘上了拨不开的白云。这一天，清晨以来，春雨如丝，烟霞蒙蒙，海山一色。本以为细雨绵绵，永无尽期；不料，日暮时分，大雨倾盆，狂风劲吹，屋门的响声骇人，相模滩暴怒的涛声，犹如万马奔腾；海上人家，关门闭户，不见一支灯火。

在片冈家的别墅，今天，武男本应早些赶到，但因公务缠身，竟然迟了。入夜，他才冒着风雨阴晦，回到家来。不过，这时已经更衣，吃罢了晚餐，在凭几读信。浪子坐在对面，缝制美丽的荷包。她不时地停下针来，瞧看丈夫，露出笑靥。又侧耳倾听风雨声，陷于宁静的沉思。她挽成总角的乌发，插着一朵带叶的山樱花。二人之间，只一桌之隔。桃红灯罩的油灯在忽喇喇地燃烧，洒下淡红色的光辉。一旁的白瓷瓶里，插着一枝山樱花，洁白如雪，默默不语，该是梦见了今朝辞别的故山之春吧！

风雨声包抄居室，不住地呼号。

武男收起书信说：

“岳父大人也很挂心。反正明天回东京，要去赤坂的。”

“明天去？这种天气……不过，妈妈一定在等候他。我也想去哪。”

“浪妹？异想天开！这可叫做‘碍难遵命’，你就暂且权当流放吧！哈哈……”

“嘿嘿……如此流放，巴不得一辈子哪。哎，您吸烟吧！”

“看我馋了吗？唉，算啦！这是因为来到的前一天和归去之日，一天各吸两天的份儿嘛！哈哈……”

“嗬嗬……那么，犒赏你，这就去拿些好点心来。”

“多谢盛情款待！大约是千鹤妹妹的礼品吧？什么？很会做好吃的呀！”

“这一阵子，觉得时间太久，不知怎么才好。我本想送给妈妈。噢，没事儿，一直这么逍遥自在的。啊，多么舒畅啊！叫我多多起床吧。那么，我一点儿都不像有病的样子吧？”

“因为有川岛博士奉陪嘛！哈哈……近来浪妹的确很好，又属于我啦。”

这时，几妈手捧点心钵和茶盘从邻室走来。

“好大的暴风雨哟！少爷若是不来，嗯？夫人，今夜怎么也合不上眼啊。饭田街的千鹤子小姐回东京了。连护士也去了。今天该多么冷清啊！虽然有仆人老茂平。是吧，夫人！”

“如此夜晚乘船人的心情又将如何？但是，挂牵乘船人的人，更加可悲呀！”

“什么？”武男喝干了茶，边狼吞虎咽地吃了两三个印有清风明月的清国豆包，边说：“什么？这点风风雨雨还则罢了。可是，在清国南海一带，赶上一连两三天的大雨，那才遭罪哪。四千几百吨的军舰倾斜三四度，大浪如山，接连不断地从甲板上飞过，那军舰吱吱作响，心情可不怎么好受啊！”

风越来越狂，暴雨袭来，犹如飞沙走石，叩打窗棂。浪子闭上眼睛，几妈浑身颤抖，三人谈话时时中断，只有风雨声令人惊心动魄。

“喂，别说这些愁闷的话了！如此良夜，连油灯都亮堂堂的，愉快地说着话哪。这儿比横须贺还暖和哪。山樱花已经开得这么美啦。”

浪子将插在瓷瓶里的樱花瓣轻轻地抚摩说：

“今天早晨老头子从山上折来的。美吧？但是，这么大的风雨，‘山樱花落知多少’！真的，它为什么这么纯洁？噢，不久前太田垣莲月的歌词中有这么几句：

“争先开了，一派深情。晶莹，也将飘零。”

“什么？‘晶莹，也将飘零？’咱家，噢，我，可是这么想的：不论是花还是别的，日本人太爱欣赏飘零。心地洁白，倒也可取。不过，过了头就不好了。打仗的时候早早阵亡的人是败者。我却表彰那些更倔强些、更顽强些的人。因此，咱家——噢，我呀，要唱这样的歌。听着！头一回嘛，难免觉得有点好笑。不过，不许笑这歌子太软绵绵哟！‘虽然人说我软绵绵，重瓣樱花，久久盛开才喜欢，’哈哈哈……梨木①也望尘莫及嘛！”

“啊，这歌一定有意思。是吧，夫人！”

“哈哈哈……几妈打保票啦，嗬，这歌肯定会越来越

---

① 《梨木集》，三卷，十八世纪户田茂睡著。

妙啰！”

在谈话静场的当儿，又是一阵更凶猛的风雨声和浪涛声逼近，房屋宛如飘摇在大海里的一叶小舟。几妈说要给茶壶换水，到隔壁去了。浪子取出挟在腋下的体温计，迎着灯光一看，今夜不比平常热度高。她像夸功似的指给丈夫看，然后将体温计放进筒里。隔了一会儿，她漫不经心地面对桌上的樱花瞧了一会儿，忽而微笑道：

“已经一年啦。记得清清楚楚，那时候，乘上马车往外一走，因为家人都出来送，本想说点什么，可是总不好意思开口。嘿嘿嘿……后来，一过溜池桥，太阳已经落了。是十五夜晚吧？圆圆的月亮升起。后来，登上山王神社①的高岗，正是樱花盛开之时，花儿像暴风雪似的从马车窗口纷纷飞进车内。嘿嘿……要返回时，姨母发现我的发髻上落了花瓣，给我拂掉了。”

武男手托着脸伏在案上：

“已经一年了，真快呀！一晃，就到银婚式②典礼啦。

---

① 在大津市坂本地区的日吉神社的别称。定为比睿山的守护神。

② 结婚二十五周年纪念。

那时节，提到阿浪装模作样，一寻思就忍不住笑。好笑！为什么那么装相呢！”

“可你，嘿嘿……还算是个少爷呢，也装得一本正经呀！嘿嘿……手都哆嗦，怎么也拿不动杯子。”

“好热闹啊！”几妈笑吟吟地拎着水壶又进屋来，“我老婆子总也没有这么心情舒畅过呀！这样和你们在一起，仿佛就像去年在伊香保似的呢。”

“在伊香保可太高兴啦。”

“采蕨菜怎么样？有那么一位，两只‘贵足’沉重了吧？”

“都怪你太性急嘛。”浪子嫣然一笑。

“眼见又是采蕨的时候啦。浪妹，快病好，再来一场采蕨比赛吧！”

“嘿嘿……到时候病一定会好的。”

4

第二天，代替昨夜暴风雨的，是个令人喜出望外的晴朗天气。

定于过午回东京。可是武男要趁上午又暖和、又没风，便带着浪子从别墅的后门走出，踏过松叶飘零的沙丘，来到了海滨。

“好天气！万不承想……”

“真是个好天气。眼看就是伊豆，可以说说话啦。”

二人已经走上干燥的沙滩，将吵嚷着趁没风起网的渔夫和拾贝壳的孩子们撇在身后。在月牙形的海滨，向没人的地方渐渐走去。

浪子忽然想到：

“喂，千千岩君怎么样了？”

“千千岩？真是堕落已极。从那以后一年多没见面……为什么问起他？”

浪子略作沉思：

“没什么，说来奇怪，昨天夜里梦见他了。”

“梦见千千岩？”

“是啊！梦见千千岩和妈妈在说些什么。”

“哈哈哈，心眼还不少呢。说了些什么？”

“听不清说些什么。不过，妈妈一再地点头。也许因为千鹤子告诉我说：千千岩和山木一道走，我才做了这样的梦吧！哎，莫非千千岩常来咱家？”

“不会，不会的。妈妈也为千千岩的事发火哪。”

浪子不由得叹息一声。

“真的，得了这种病，恐怕婆母也会不高兴的吧？”

武男忽然心如刀绞。他虽然没有告诉妻子，但是，自从浪子患病转地疗养以来，每次回京，都发现母亲的心情越来越坏，甚至告诫儿子，如果有传染的危险就速速离开浪子。她千奇百怪地念三七，来了火气还咒骂片冈家。想劝说一下吧，就骂武男是个庇护老婆，违抗母命的蠢货。这，已经不止一次了。

“哈哈哈……浪妹什么事都担心。怎么会有那种事呢？力争养好病，明年春天想法子请个假，和母亲三人一同到吉野①去赏花吧……呀，这么长的时间了，疲倦了吧？不出发吗？”

二人走过海滨，站在山头。

“一直走到‘不动明王祠’那里吧！哎，一点也不累，

① 奈良县南部地名，以樱花著称。

能一直走到欧洲呢。”

“喂，给你这条围巾。石头滑哟！喂，紧紧抓住。”

武男帮助她，拉她，在沿着山脚岩石的一条羊肠小路上，二人走一气儿，歇一会儿。走了一百多米，来到一个淙淙作响的瀑布下，一旁有一座不动明王祠。五六棵松树，又细又高，从悬崖探出头来，斜身眺望着大海。

武男扫净岩石，铺上围巾，叫浪子休息。他也坐下，双臂抱腿，说：

“多么风平浪静的好天气啊！”

大海的确平静。傍午时分，直到九霄，晴空蔚蓝，不见云影。一片碧绿色大海，处处迸发着如同冶炼出来的白光。纵目所见，毫无缺陷。不，论山海，都披着春阳，昏昏欲睡。

“武男！”

“什么？”

“能好吗？”

“嗯？”

“我的病。”

“说些什么！不好怎么行。会好，一定会好的。”

浪子偎倚在丈夫的肩上。

“可我有时想，会不会病入沉疴？我的亲生母亲也是这种病去世的呢。”

“浪妹，为什么单在今天净说这些话？没事儿，会好。医生不也说会好的嘛。噢，浪妹，是这样吧？我倒不知道你母亲也是这种病去世的，可是浪妹还不到二十岁呀！而且是初期，不论如何，也会好的。喂，你瞧，我的亲戚大河原。唉，他右肺没有了，医生推手之后，不还活了十五年吗？只要具有一定要治好的精神，就会好的。认为治不好，这是因为浪妹妹不爱我。假如爱我，一定会好。你若不好，我可怎么办？”

武男抓起浪子的左手，贴在他的嘴唇上。手指上有婚前武男赠给她的宝石戒指在粲然闪光。

二人一时默默无言。来自江岛的一叶白帆正在海面上飞行。

浪子噙满了泪水的双眼含着微笑：

“会好的，一定会好的。啊！人，为什么要死呢？我想活，想活上一千年，一万年。假如死，就两个人一同。嗯？两个人一同。”

“如果浪妹不在，我也活不成。”

“真的？太高兴了。喂，两个人一同……可是，还有婆母，您有公务在身，纵使这么想，也是身不由己吧？那时候，肯定要我先走一步等您……我死，您能够常常想起我吗？嗯？嗯？武男！”

武男边擦泪，边抚摸浪子的乌发说：

“啊，这类话，别说啦！快养病，治好，喂，浪妹！我二人长生不老，还要过金婚①大寿哪。”

浪子紧紧握住丈夫的手，投身于他的怀抱。热泪横飞，滴在武男的双膝，说：

“死，我也是您的妻子！不论任何人怎么样，也不论是害病，还是死亡，永远永远，我都是您的妻子！”

---

① 日本的结婚五十周年纪念日。

五、乍暖还寒

1

千千岩在新桥车站听说浪子的病情以后，嘴角挂着微笑，那是由于未解之谜豁然开朗而响起的心灵凯歌。他对川岛、片冈两家，最恨怨的中心人物就是浪子。他认为浪子害肺病，这首先是天赐的复仇良机。这病是传染致命的大患。武男不大在家，何妨不在婆媳之间略进巧言，毋劳弹指之力，使其关系破裂？一旦成功，立刻远走高飞，以后可就但等瞧一出好戏——她们之间你伤我、我害你，折磨得死去活来。就是这个主意！千千岩想着想着，略舒愁眉了。

他很了解姑母的性格，并也深知武男越是对他发火，姑母却越是不生他的气。还洞晓姑母常常把武男看成小孩子，每遇大事，多是依赖他千千岩那颗谙于世故、胜过年龄的头脑。还知道姑母缺亲少友，对人训斥之后，内心总有些惶恐不安。她对小夫妻不大遂愿，很想寻求个贴心人……于是，千千岩未动一兵一卒，便可以预测这份战斗计划必奏功效了。

千千岩既已胸有成竹，又说服了山木，命他不时地到川岛家去侦察情况。而且，千千岩隐约透露，他颇有悔改之意。

浪子的病已经两个来月，却始终不见好转。千千岩闻说姑母心绪愈来愈不佳。四月末的某夜，趁武男不在，田崎管家也因家务远游，千千岩突然溜进久未踏足的川岛府。赶巧只有姑母一人，将武男的来信放在面前，正在深思。

2

“唉，一直不见好转哟！又不是三两个月会好的。愁人哪，嗯，安彦。这种时候，若是有可靠的亲人商量商量多好。可是，阿武又是那么个孩子……”

“是啊，姑妈，我这个当侄儿的，并不是有意这么晚才登门，实在是因为不论对多蒙深恩的去世的姑父和姑妈，还是对于武男，我都不能袖手旁观。老实说，这对川岛家是一件大事。我是豁上脸皮来的。唉，姑妈，这肺病可是可怕的病呀！您也会略知一二的。妻子传染给丈夫，以致全家死亡，这样的例子太多啦。我对武男表兄也很担心，姑妈不提醒些，乱子可就要闹大啦！”

“是呀！我也害怕，一再嘱咐武男不要到逗子去，可他就是不听。瞧吧……”她展开书信，“医生怎么啦，护士怎么啦，这个混蛋，心里只有老婆！”

千千岩微微一笑。“姑妈，这可难为他了。两口子恩爱深嘛。浪子有病，武男也就早晚要受到教训啦。”

“尽管如此，能因为老婆有病就对老人不孝吗？”

千千岩喟然而叹：“唉，事情真糟！武男兄好不容易娶了个好媳妇，姑妈也总算刚刚放下心来，立刻又出了这件事。不过，川岛家的存亡，就在此刻了。噢，浪子娘家，可有什么消息？”

“消息？哼！消息，那个飞扬跋扈的继母，哼，只拿了一点点礼品，一片花言巧语。加藤家倒是来过两三次……”

千千岩又叹息一声：“这个节骨眼上，娘家人应该多体贴些。撇下病女不管，够沉着的啦。不过，这是个利己主义统帅一切的世道嘛，姑妈！”

“是呀！”

“这且不提。令人担心的是武男兄的健康。万一出了什么岔子，川岛家可就完啦……那中间，可说不定什么时候就传染啦。可是，夫妻嘛，姑妈总不能在他们中间筑一道篱笆吧！”

“是呀！”

“可是，长此下去，又是川岛家的祸根。”

“是呀。”

“光是依着孩子，这不算尽到了母亲的职责。常常叫孩子落泪，反倒会成为慈悲。何况年轻人一时似乎迷了心窍，但是过些时候，又容易突然间回心转意的。”

“是呀。”

“一丁点儿的可悲和可怜，那可抵不过全家的大祸呀！”

“噢，是呀！”

“而且，万一有了孩子，那可真……”

“唉，正是嘛。”

一见姑母探过身来，颓然点头称是的样子，千千岩暗暗地拍大腿，话锋突然一转。他眼见灌进去的那副药不仅发生了效力，而且已经在姑母的心地上撒了一粒种子。这种子虽然还蒙着一层疑雾，但其破土发芽、开花结果，只不过是时间问题，而这时间，看势头不会太遥远了。

武男的母亲，本质上并非恶人。她认为，即使不爱浪子，也不至于憎恨。浪子尽管接受的家风和家教不同，但却尽可能克制自己，以便和婆母协调。这一点，就连婆母也看得清楚，甚至感觉到，就某一点来说，浪子硬是使趣味与婆母一致。婆母口上训斥，有时内心里却暗暗地想，自己初嫁时，真是自愧弗如。不过，浪子几乎月余病弱之后，终于被定名为可怕的肺结核。婆母眼看着她咳血的可怕情景时，并且眼看她治病花费了不少的金钱、耗用了不少的时日却不见好转时，说是失望好呢，还是应该称为厌弃？一个自己也难以辨认的念头从心灵深处萌起。她一阵子想起那个，一阵子可怜这个。但是，伴随着某种不快感酿在胸中，自己也感到罩在心头的疑云纷纷散开，而那一个念头，竟以骇人之势，日渐成长。

千千岩已经查明姑母的心。其后，不时地来访，只是若无其事地洒下几丝细雨轻风，使她打消顾虑，催她心中萌芽，静待局势发展到遂愿的一天。他时常趁武男外出时往来于川岛之府。当这消息恍惚有些泄露时，千千岩已经演完了主要情节，慌忙从舞台上溜走，向山木预告不日上演的武打戏，且先举起祝贺的酒杯。

六、母子激辩

1

五月初旬，武男搭乘的军舰正从吴越之地开往佐世保。为了参加在函馆附近举行的联合舰队演习，理应回航北上。由于种种原因，获准归省四五十天的良机。趁此短暂的闲暇，武男便在一个夜晚回到东京，探望高堂。

近来，武男不论几时回家，母亲就像是牙里塞进食物，总是心绪不宁。不料今夜，竟意外地露出一张笑脸，命仆人烧好洗澡水，亲手操劳，做武男爱吃的萨摩羹，劝他多吃。武男本来对微细小节不大介意。可是现在，对母亲这无端的变态也感到惊奇。然而，不管年庚几何，世上没有不高兴父母怜爱的儿女。自从父亲逝世，武男只惦念着母亲。对于母亲的精神好转从内心里高兴。他急忙动筷吃罢夜餐，然后沐浴，静听倾盆大雨的声音。更大的愿望是：假如浪子速速痊愈，在此等我归来，那有多好。他回忆今日去逗子的情景，怡然自得，走出浴室，随随便便地披上女仆送来的便服，用夹着烟卷的右手指甲揉着前额。这时，母亲来到这间十六平米的卧房。

女仆给母亲搓背。她叼着竹管长烟杆，吸着国分[①]烟，抬眼说道：

“噢，来得好快呀！嗬嗬嗬……你父亲也是这样。哎，你可以坐在那个坐垫上。阿松，你没事啦，沏碗茶来吧！”她亲自动身，从食品柜里取出点心盘。

“简直像待客哩！”武男大口、大口地喷吐着蓝色烟雾，微笑着说。

“小武，你回来得太好了。说实在的，有点事要商量，正盼着你回来哪。啊，你回来啦，这就好啰。逗子……你去过了？”

武男知道母亲不高兴他常到逗子去，但也不便瞪眼说谎。

“啊，去了一趟……大致面色有所恢复。她总说对不起妈妈，非常惦念着您哪。”

“是吗？”妈妈死死盯着武男的脸说。这当儿仆人送来

① 鹿儿岛湾北岸的一个市。

茶具，母亲接过，说："阿松，你到那边去！把那扇，那扇门，关严。"

2

母亲亲手斟茶敬武男，她也啜了，便从容不迫地拿起烟袋，缓缓启齿说：

"喂，小武！我身板很软弱啦。去年闹了神经痛，委实是衰弱啦。昨天只不过去扫墓，还腰酸腿疼哪！一上了年纪，事事都胆怯哟！小武，你要注意身体。不当心得病可不行。"

她呼啪地在火盆边上磕烟灰。武男看着母亲虽然发福，却掩饰不住布满皱纹的前额，说：

"我一直出门在外，一切都是母亲做总理大臣。若是浪子妹妹也健康就好啦。她也说希望自己的病快好，叫妈妈轻闲些。"

"噢，也许有这番心意。不过，有病嘛！"

"病可快好了。天气又渐渐暖和，毕竟是年轻人嘛。"

"唉，有病嘛。能好，固然不错。不过，小武，听医生说，浪子的母亲不也是因为肺病死掉的吗？"

“啊，说过这些？不过……”

“这种病不是老一辈传给小一辈吗？”

“噢，说过这些？不过，浪子妹妹是由于感冒引起的。是这样，妈妈，全看注意得怎么样。说什么传染呀，遗传呀，实际上并不那么严重。如今，浪子妹妹的父亲还那么硬朗，浪子的妹妹，哈哈，就是驹子，她连点肺病的影子都没有。人哪，并不像医生所说的那么软弱。哈哈哈……”

“唉，这可不是闹着玩的，”母亲将烟袋敲得山响，“病魔当中，顶属这种病可怕。小武，你也应该知道，那个东乡知县，喂，常和你打架的那个孩子的妈妈，怎么样？已经害肺病死了。那是前年四月，那年年末，怎么样，东乡先生也害肺病死了。怎么样？还有那个小子，是在哪儿当工程师吧？也因为肺病最近死了。嗯？全是妈妈传染的呀！这类故事，还多着哪。所以，小武，我想，这种病可含糊不得。一含糊，可就不得了呀！”

母亲放下烟袋，往前靠近些，注视着默默倾听的武男。“老实说，近来，我也总想和你商量……”她说不下去了，仔细端详着武男，“浪子嘛……”

“啊！”武男抬起头来。

“把浪子打发走好吗？”

“打发走？往哪儿打发？”

母亲盯着武男说：“娘家呀！”

“娘家？叫她回娘家养病？”

“管她养不养病的，反正打发走……”

“养病还是逗子好嘛。可她娘家又有孩子。与其回娘家养病，不如在咱家好些呢。”

母亲边饮冷了的茶，边说：“小武，你不会是喝醉了吧？装糊涂吗？”她死死地盯着儿子，“我的话呀，是说，把浪子休回娘家去！”

“休回去……休回去……是说离婚？”

“唉，别那么大声，小武！”她注视着浑身颤抖的武男，“离婚，离婚，就是离婚。”

“离婚，离婚？为什么？”

“为什么？刚才不是说了吗？有病嘛。”

“您是说，因为是肺病，就离婚？把浪子休回去……”

“是啊，当然怪可怜的。”

“离婚?”烟卷从武男的手里滑落，掉进火盆，冒起一股浓烈的黑烟。灯火吱啦啦地燃烧，夜雨哗啦啦地敲打着窗棂。

3

母亲将不时冒烟的烟蒂埋在灰里，探出身子来说：

“哎，小武，事情太意外，你吃惊，也难怪呀。这可是我几天几夜反复琢磨的一番话呀！你不仔细想想可不行哟！唉，浪子嘛，我也说不出有什么缺点，你又很称心，可不是我爱叫你们离婚的呀！不管怎么说，生的是这种病嘛！”

“病已经好转。”武男抢着话说，严肃地瞧着母亲的脸。

“唉，听我的话吧！眼下也许还没恶化，可是我仔细问过医生，惟有这种病，即使一时好转，还会再犯。一冷一热，立刻会旧病复发。患肺结核，痊愈的一个也没有。这可是医生说的呀。就算浪子现在不死，以后还会犯病的，一定会传染给你的。唉，小武，传染给你，你有了孩子，再传染给孩子，不仅是浪子，你这个高贵的主人，高贵的后代子孙，也都将成为肺病包，死个干净。瞧吧，川岛家不就毁灭了吗？听着，你可是父亲精心栽培的呀！好不容易才到了这个地步。川岛一家是天皇亲手提携的，这一切都将毁灭在你这一辈了……当然，浪子怪可怜的，对你也很残酷；我作为老人，说出这种话来也很扫兴。痛苦哟！可是，不管怎么说，有病就是有病。浪子虽然可怜，可是你当丈夫的并不能代替她，川岛全家都不能代替她。如今，不赶快拿个主意不行呀！”

武男默默地听着，今天探问时病妻的面容又真真切切地浮现在心头。

“妈妈，这件事，我办不到。”

“为什么？”母亲的语声高了。

“妈妈，那么办，浪子妹妹会死的。”

“她可能要死。可我是珍惜你小武的命，珍惜川岛全家的命！”

“妈妈，如果是这么重视我，那就理解我的心吧！我这么说，您也许觉得不可思议，真的，那种事，我是无论如何也做不到的。她在我家还不大习惯，确有许多不周之处，可是她很敬重母亲，对我也很好。她确实没有什么罪过，只因有病就离婚，这，我是无论如何也办不到的。肺病也不会是不治之症，她眼下就有所好转。假如还不好，非死不可，妈妈，那就让她做我的亡妻吧！假如病情危笃，可以断绝往来，多加小心，我会叫妈妈放心的。但是，离婚，任何情况下我也做不到！”

“嘿嘿嘿……武男，你满口是浪子，可是，你自己死了也不在乎？川岛家灭亡也无所谓？”

“妈妈满口谈的都是我的身体如何。可是，干那种不仁不义的缺德事，就算长寿，又能怎样？违背人情，失去正义，对家庭决没有好处。这决不是川岛家的声誉，更不是川岛家的光荣！无论如何也不能离婚，万万做不到！”

母亲预料到会有难题，却碰上了比预料更强烈的反抗。她平日的肝火不由得布满胸膛，额上青筋暴起，太阳穴猛跳，拿着烟袋的手在瑟瑟打颤，好歹镇静下来，勉强装出笑容。

“别那么急躁！唉，静下心来想想看。你还年轻，不了解世道。常言说：‘舍卒保车’呀！唉，浪子是小卒，你和川岛家是车呀！对方很可怜，浪子很惨。可是，这不是病不好吗？不管别人怎么想，这比川岛家灭亡还好些吧？唉！还说什么不仁不义啦，这等事，世上不算少。不合家风，就离婚。得了重病，立刻就离婚。这就是世上的规矩。嗯？小武！谈不上什么不仁不义。本来，得上这种病，娘家人就应该接回女儿。他们不开口，咱们才发话，这有什么不好，有什么丢人的？”

“妈妈一口一个世上，可是，并没有那么一项规定：世上人做坏事，自己也可以做坏事。有病就离婚，那是老风俗。假如今日世界还有这样的规矩，那就把这个人世砸烂了才好，不砸烂不行！妈妈光说咱家的理，可是，片冈家费尽心血嫁出门的姑娘，只因为害病就被休了回去，心情能好吗？浪子有什么脸回娘家？不妨倒过来，我害了肺病，浪子的娘家说，肺病危险，把浪子接回去，妈妈的心情会好吗？道理是一样的。”

“不，不一样，男人和女人不是有区别吗？”

“一样！从情理上说，是一样的。这话从我口里说出来，好像有点蹊跷——浪子总算不再咳血，不是正在好转吗？现在提起离婚，这简直是叫她吐血。浪子会活不成的，一定活不成。对外人都下不得手干这种事，可是，妈妈，难道叫我去杀害浪子吗……”

武男不由得热泪横飞，扑簌簌落在床席上。

4

母亲忽地站起，从佛坛上取下一张灵牌，又回到座位上，将灵牌放在武男的面前。

“武男，你呀，因为有了姻亲，就一点儿也不把我放在心上啦。喂，在你爸爸面前重说一遍！喂，说呀！再看看你列祖列宗的灵牌！喂，重说一遍呀，你这个不孝的逆子！”她严厉地瞪着武男，不住声地将烟管在火盆沿上敲打。

武男也面带愠色：

“怎么不孝？”

“怎么？什么‘怎么’？总是向着老婆，不听老人的话，这还不算不孝吗？不爱护双亲抚养大的身体，要把列祖列宗传下来的家毁掉，这还不算不孝吗？逆子！武男，你是个逆子！大逆子！”

“但是，按人情……”

“又讲什么人情大道理吗？你拿老婆重于母亲吗？你这个混蛋！一张嘴净是老婆，老婆，老婆！把老娘往哪儿放？不管干什么，净替浪子说话。不孝的逆子！和你断绝关系！”

武男咬紧嘴唇，忍住热泪，说：“妈妈，这太过分了。”

“有什么过分的？”

“我的心绝不那么轻薄。这颗心，妈妈不理解吗？”

“那么，为什么不听我的话？啊？为什么不和浪子离婚？”

“但是，这……”

“没什么‘但是’。喂，武男！老婆重要，还是母亲重要？嗯？家庭重要，还是浪子……嗯？混蛋！”她哨的一声敲响火盆，竹管烟袋喀嚓一声折断。烟袋锅腾空，叭的一声撞破门扉。这时，似乎门外有人“啊”的一声，倒抽一口冷气。隔了一会儿，此人以颤抖的声音说：“打扰！”

“谁？什么事？”

“这……是电报……”

门开了。武男接过电报，奴婢们在女主人的怒目之下，半数退去，仓皇溜走。不过是两分钟，这一瞬息间，二人怒火稍稍下降，一时母子默默相对。又是一阵大雨，像瀑布一般飞流直下。

母亲终于开口，眉宇间虽然还怒气不休，但是话语里总还带有些温情。

“喂，小武！我说的并不是于你不利的事。我身下只有你一个。只有你出息，抱个健壮的娃娃，才是我唯一的快乐。”

洗耳恭听的武男微微扬起头来说：“妈妈，反正我……”他拿出电报，“要快些出发，至迟明天必须回到舰艇。一个月左右回来。直到那时，请无论如何将今夜的谈话保密。不论发生任何情况，也必须等到我回来。”

第二天，武男又听了母亲的保证，又走访了主治医，恳切托付浪子医病事宜，乘下午的火车去了逗子。

下车时已经日落西山，初五的月亮挂在淡紫色的天空。渡过野川桥，一路黄沙伸进微微发暗的松林。穿过松林，望见吊杆汲水架耸立于苍苍夜空时，意外地听到了抚琴声。

“啊，她在奏琴……”武男想着，心像被揪住了似的。他在门外频频拭泪。武男本来说今日早归。浪子等丈夫，时光难挨，便取出久已绝响的琴来弹奏。

浪子疑心武男的脸色不对。武男却以夜深的缘故略加遮掩。夫妻二人在约定共进晚餐的饭桌两侧相对而坐，却谁也吃不下饭去。浪子以寂寞的微笑掩盖着神魂不安，亲手给丈夫钉好外衣上松懈了的纽扣，用刷子精心地拂掉灰尘。不知不觉最后一次车逼近了。武男迫不得已站了起来，浪子倚在武男的手上说：

"武男，还能回来吗？"

"很快就回来。浪妹要保重，养好病！"

二人握紧了手。走出门来，几妈等他更鞋，仆人茂平将送他去车站，左手拎着皮包等在门外，虽有月光，还是亮起了灯笼。

"那么，几妈！夫人，就拜托您啦。阿浪，我走啦。"

"早点回来呀！"

武男点点头。他踏着照耀自己的灯笼光亮走出门外十几步，回头一看，只见浪子围着白披肩，和几妈倚着门扉，挥舞着手帕，说："武男，早点回来呀！"

"很快就回来！阿浪，受了夜寒可不行，快进屋！"

然而，武男两次、三次回头看，却还看得见朦胧的白色人影。忽而道路拐弯。

“早点回来呀！”

紧跟着呼声传来的是噎泪的抽泣。回头再看，半弦月冷冷清清地挂在松梢。

七、父女说梦

1

“老爷回来啦！”

仆人的寒暄，声音很响。

山木刚刚在正门外跳下双人拉的人力车，提前入浴。然后，背对着插满玉蝉花的壁龛，在软颤颤的坐垫上盘腿大坐。看那架势似乎在说：“从今以后，该我享点清福啊。”又似乎在说：“万事不如杯在手啊！”样子实在是俗不可耐。他似乎还很快活，注视着妻子阿隅的脸，先干了三四杯。这时，侍女送来报纸号外，山木就着灯光在看。

“噢，朝鲜……东学党越来越猖狂……嗯？清朝已经出兵……唉，要热闹啦。这一来，我国也要出兵……要打仗，喂，发大财呀。阿隅，祝贺一番，你也干它一杯。”

“喂，真的要打仗吗？”

“要打。高兴，高兴，真高兴！一高兴嘛，阿隅，我今天见了千千岩，那件事，大致进行得很顺手。”

“喂，是呀！少爷同意了吗？”

“什么？武男还没回来。什么商量，同意，都是没影的话。浪子还在咳血。老太太说，浪子已经不行啦，要趁着武男出门在外的工夫坚决下手！再叫千千岩去挑拨一下，一定马到成功。据说老太太也觉得武男一回来，就很难下手，所以要趁武男不在期间彻底处理完毕。这一来，就是咱家的人啦。夫人，拿酒来！”

“浪子也够可怜的了。”

“你这娘们可真怪。不是你说阿丰太可怜，叫我把浪子赶出川岛家吗？现在眼见事成，你又说什么浪子太可怜。让这些混账都见鬼去吧！眼下，怎样叫阿丰成为武男的后妻，这韬略才是头等大事。”

“可……哎，人不在家就把媳妇给休了，武男……噢，少爷不会善罢甘休的吧！”

“唉，武男回来，也许会大发雷霆。可是已经离婚，纵使他回来，又能奈何！而且，武男很孝顺，老太太给他哭一鼻子，他就只得眼泪往肚里咽。这且不提，却说心肝、宝贝、阿丰小姐的事，总而言之，单等武男的火气一消，借口做‘自费礼法见习生’，硬到他家去。怎么，像是很难，倒也容易嘛。只要讨得老太太的喜欢，是办得到的。阿丰不久将成为川岛男爵夫人啦。阿丰也就遂了心愿；我哪，不久成为武男的老泰山。武男那么孩子气，川岛家的财产必须由我来掌管。太美啦，噢，不，是太美的角色。当然麻烦，可那也讲不了啦。阿丰嘛……”

“哎呀，你吃饭吧！”

“好吧，财产抓到手就给你。要祝贺一番嘛！不过，阿丰，你不教教她更懂点规矩可不行哟。就那么天天磨人，一旦嫁过去，人家可要当真哟！就那个小样，即使观音菩萨做婆婆，也会不理睬的哟！”

“可是，老头子，礼节嘛，我可教不了呀！过去总是老头子……”

“噢，这番道理敝人可大大讨厌。哈哈……耍嘴不如凭证。我表演礼节给你们看。喂，把阿丰叫来吧！”

2

“小姐，内宅请你去一趟。”侍女阿竹推开纸格门。阿丰在她的呼唤声中，刚刚梳洗完毕，还不肯离开梳妆台，慢条斯理地回过头来。

“知道啦，就去。喂，阿竹！这儿……”她边抚摩鬓发，边说，“这儿头发乱了没有？”

“不，一点儿也不乱。啊，哈哈哈……梳洗打扮得蛮漂亮。哈哈……太迷人啦。”

“烦人，净说奉承话！”她边说边对镜微笑。阿竹以袖掩口，屏住气息说：

“小姐，等你多时了。”

“好吧，立刻就去。”

她总算决心已定的样子，离开明镜，碎步疾走，穿过几个房间，进了父亲的居室。

“噢，阿丰呀！等你哪。到这儿来，来呀！喂，替你妈妈给我斟酒。啊，酒盅的放法太鲁莽，简直不像个连插花、煮茶都学过的小姐！对啦，对啦，对，要放成个山字形。”

山木面带喜色，不顾妻子的劝阻，又贪了几杯说：“喂，阿隅！阿丰这样化妆，可非常漂亮哟。皮肤白，姿态美。在家里倒不必，若是出门在外，可以夸上几句。遗憾的是像你妈妈，稍微有点龇牙……”

“老头子！”

“如果眼梢再吊高三分，就更富于女人的魅力啦……”

“老头子！”

“嗐！阿丰为什么胖啦？一胖，就失去了少女的模样。别那么无精打采的。嗯，阿丰，有你爱听的话。喂，来点听课费，斟酒，斟呀！”

山木举起斟得满满的酒盅，一口气干了。

“喂，阿丰，刚才还跟你妈妈说哪。你也知道，是关于武男的事……”

如同马卧空巢，忽闻春草的芳香。阿丰忽地抬起头来，竖起耳朵。

“因为你把浪子的照片挠碎，她终于遭到报应了。”

“老头子！”阿隅夫人第三次皱起了眉头。

“以下书归正传。总而言之，听说浪子病入膏肓，嗳，要离婚啦。是啊，还没有和对方商量，浪子似乎也还不知道。总而言之，不久将成为事实。但等那边办完手续，接着就硬送给他们做二房。噢，就是这个主意。我和你妈，都想叫你顶替浪子。不能操之过急，先当丫鬟去。干这个！别那么发愣。哎，先当候补，以礼法见习生的名义打进川岛家……托付给老夫人。懂了吧？就是这个主意……”

山木喘了口气，目光从妻子的脸移到女儿的脸。

“就是这个主意，啊！阿丰！话说得过早了点……不过，早说有早说的原因。你也知道，武男的妈妈是出了名的暴脾气，任性，顽固……啊，骂你老娘可有点失礼，不过，正像坐在这儿的你老娘一样，不是个善碴子。但也不是鬼，不是蛇，总还是个人。若是跟她合得来，不论鬼媳妇、蛇媳妇，保你当得成。哎，就那么个老太婆，我若是个女人，挨上她，用不了两天，就要她软得像块豆腐。我尽管这么吹嘘也没用。可实际上，那个老太婆好侍候！不过，听我说，阿丰，你眼看就要到她家去啦。一旦以丫鬟兼候补妻子的身份进门时，首先，这么懒可不行。要早起，老人是醒得早的。别的事都无所谓，惟独老太太的吩咐要很好地完成。听见了吗？第二，像现在这样，动不动就噘嘴可不行。事事都要让步。懂吗？挨克要让步，蛮不讲理也要让步，你若是占上风，更要让步。这一来，对方可就颓了。这就是常言说的好：‘以柔克刚啊！’绝不许发火，听见了吗？还有第三……这话说得有点过早，顺便说了吧！平安成婚之后，听着！绝不许和武男处得太好。在家里怎么都行；对外，不注意可不行。对婆婆要溜须点，尽可能多接近。对于姑爷，在婆婆面前也该嘀咕几句不伤筋动骨的坏话。说怪，也够怪的。自己的儿媳妇，夫妻和睦应该是高兴的事。不过，实际上相处得太好，婆婆是不会高兴的。唉，这是一种妒嫉……任性哟！即使她不是这样，夫妻处得太好，自然就要怠慢于婆婆，婆婆会这么想的。浪子说不定在这一点上吃了亏，夫妻太好啦。哎，别那么绷着个脸呀！是吧，阿丰！刚才说要忍让些，就是这个意思。不过，听我说，要尽量使婆婆觉得：'这孩子真是我的媳妇，不是儿子的妻子。'婆媳之争，多半是由于小夫妻感情太好、使婆婆感到孤立而引起。听见了吗？必须这么想：你是老太太的媳妇。老太太紧接着就会欢天喜地。然后，你即使咬住武男的脖子打秋千走路，也没事啰。但是，在婆婆面前可不许跟武男飞眼儿。还有些事，等到你临去的时候再讲给你听。以上三条虽然很麻烦，可是，你不是说想给心上的人武男做妻子吗？'忍为上'哟！不要推到明天，从今晚就开始学这门功课！"

说话之间，格子门开了。侍女阿竹说："好像来了回信。”她拿出一封女人手笔的书信。

山木启封，草草过目，又将书信放在妻子和女儿的跟前。

“怎么样？川岛老太太叫速速前来！”

3

武男前去参加舰队演习的两周之后，就是在川岛家回信、邀请山木光临的数日之前，在逗子疗养的浪子又咳血，慌忙请了医生。幸而咳血一次便止。虽然医生保证一时没事，但是，这消息对于武男的母亲刺激很大。隔了两三天，很少跨出大门的川岛夫人，她那巨大的身躯拥进了饭田街加藤家的大门。

为离婚问题母子争吵的当夜，夫人但见武男疾言厉色，确曾答应儿子的要求，约定直到他回来不做声张。然而她想，即使武男回来，也不会轻易变心的，反而时日越久，他那依依难舍的情网越难斩断，而且会出现意外的障碍。既然如此，莫如趁武男未归，早早了结此事，倒是上策。话是这么说，毕竟许下过诺言，她也不是没有顾虑。心里有鬼，因此，暂且未能使常来吹风的千千岩如愿，没有采取果断的措施。及至闻说浪子再次咳血，夫人才毅然到曾为冰人的加藤家走访。

论住处，距饭田街不过咫尺之间。但是，自从登门报谢媒妁之谊，其后几乎从未见面。加藤夫人心想：川岛寡妇突然来访，这可非同小可。她热诚恳切地将来客让进客厅，一听川岛寡妇说出大事一桩，竟吓得说不出话了。怎么？如今，要求她曾为片冈、川岛两姓缔结良缘的一双手，再用来斩断这根红线？

加藤夫人好像才清醒，重新打量贵客的神色，心想：有什么样的脸皮、什么样的嘴，才能说出这番话来呀！但见她的身子不知什么工夫肥胖起来，两只大手交叉在双膝上，肌肤并未松弛，眼睛并不眨巴，吐露的萨摩①口音并不生涩，不是儿戏，也不是发疯，想必早有蓄谋。加藤夫人，又是一阵惊心，随之化为愤怒。“言辞太无礼！”她真想痛骂她一通，话语已经迸出喉咙，可是，想到犹如亲骨肉的浪子，一生境遇坎坷，便勉强把话咽了回去。先请教，后说服；又是

① 日本古国名，位于鹿儿岛县之西。

安慰，又是乞求。但是，孀妇只顾宣讲自己的道理，加藤夫人的话全当耳旁风。反而说加藤夫人唠叨些废话，只要把她的话传达给浪子的娘家就算完事大吉，加藤夫人听得一清二楚。她听着听着，不禁想起外甥女儿的病容，想起死去的妹妹——浪子生身母亲的弥留之际、浪子父亲的伤情……这一切，在心中忽隐忽现。她勃然大怒，热泪盈眶，凛然变色，斩钉截铁地给她顶了回去。

“我家只管为两姓结亲而帮忙，这种不仁不义的倒忙，绝对干不出！不需和我丈夫商量，你的要求，坚决谢绝！”

武男的母亲气呼呼地跨出加藤家的门，连夜发信邀请山木（认为憨厚的田崎办事不力）。

偏赶加藤子爵外出。夫人一阵阵惶惑，一阵阵恼怒，又一阵阵悲伤。夫人和千鹤子，心被三下扯碎了。她们认为，话是出自川岛寡妇之口，无论如何也未必是武男的夙愿，于是，查明武男所乘舰艇的方位，发出了急电。这当儿，心急似火的川岛寡妇决心立刻谈判。“钦差大使”山木，已经驱车来到片冈家的大门。

八、碍难启齿

1

当山木的车开进赤坂市冰川镇片冈中将的正门时，正好赶上一位英姿飒爽的将军骑着一匹栗色骏马往外走。那马为驱车进门的辚辚声受惊，竟然直立起来。将军不劳马夫救驾，径自勒紧缰绳，轻而易举地坐稳，在院内跑了一周，又得得地走出门去。

山木目送出色的军人走去，干咳一声，跨进片冈中将的正门。他虽已频频出没于权贵之府，却依然有些胆怯。昨夜他被叫到川岛家，委以重任。当时，他也还有点作难。如今临场，他那自夸的胆大，竟然变小，脸皮也不够厚，连他自己都引以为憾。

递上名片，寄宿的学生又来，山木被让进客厅，几案上摆着一张清、朝两国地图。由烟缸上尚未熄灭的火柴杆和雪茄烟蒂，大致可以想象得出刚才的一番谈话。诚然，东学党之乱、清国出兵之讯、我朝发兵之议，接连不断，将海内视线全都集中在朝鲜问题。此时此刻，主人片冈中将虽是预备军官，但自找多事，再也没有时间手捧英文读本了。

山木靠在椅背上，正贼眉鼠眼地四下里察看，忽听履声渐近，犹如天雷轰鸣。俄而，一位壮如小山的人缓缓走近，在主人席上落座。山木见是中将来临，仓皇起身时，竟将自己的座椅踢倒，朝后摔下。他喊道：“啊？这太大意。”慌忙扶起椅子。随后，对主人一连四次深鞠躬，算是对刚才的粗疏，进行了赔礼道歉。

“噢，怎么样？请坐吧！您是山木君……名字我知道，是……”

“哈，今天是初次见面……敝人叫山木兵造，是个愚昧商人。今后请多关照……”（他说一句，鞠一躬；每鞠一躬，椅子就吱吱响，犹如遵嘱，在格格地笑）

几句少不得的闲谈，数语朝鲜的信息。然后，中将话锋一转，询问来意。

山木未从开口，先紧张得咽了口唾沫；又紧张，又咽了口唾沫。第三次开口，还是紧张得上不来气。连他自己也奇怪，经常自诩为三寸不烂之舌，为什么今天这样拙笨。

2

山木微微启齿说：

“老实说，我是代表川岛家而来……”

中将似乎十分意外，竟有失风度地眯细起眼睛，注视着山木。

“啊？”

“老实说，本应川岛家的老夫人来访，结果，倒是我来了……”

“是的！”

山木不停地擦前额上的淋漓大汗。“老实说，原定由加藤先生前来商量。不过，他一时抽不出身……我，我就来了。”

“是的！什么事？”

“事情嘛……实难启齿。老实说，是川岛家的少夫人浪子……”

中将的眼睛眨也不眨，好一阵子注视着山木的脸。

“啊？”

“这……浪子少夫人……这番话，很难照本实发，阁下也知道，得上那种病，敝人，还有川岛家都很担忧。近来虽然略有好转……噢，恭喜，恭喜……”

“是的。”

“这件事，小的实难启齿。这话似乎有点不尽人情。不过，说实在的，浪子少夫人是个病身子，您也清楚，川岛家族宗乏人，男子只有如今的武男。说实在的，川岛家老夫人也十分担心……这话，实难据实禀报，真够自私。病不从心呀！万一传染上……当然，这种事轻易不会发生——川岛家的主人出什么意外，那么，川岛家可就断子绝孙。当然，断子绝孙也没有什么，不过，怎么说呢，据实禀报，真是……很对不起，这一点，请理解，得病容易去病难哪……”

山木说得吞吞吐吐，丢三落四；说一句，额上涌出一些汗。片冈中将盯着山木的脸，默默倾听。这时，扬起右手说：

“好吧，明白了。就是说，阿浪病危，叫我们接她回来，是吧？好吧，明白了！”中将边点头，边将眼看烧手的烟蒂插进桌上的灰碟里，叉起胳膊。

山木仿佛踏进泥淖，又被伸手拖了出来，松了一口气，拭去额上的汗。

“是的，说实在的，这真是难于开口呀！这，这一点，请千万莫怪……”

“那么，武男君已经回来啦？”

“哪里，还没有回来哪。当然，这事情是经本人同意的。请千万莫怪……”

“好吧！”中将俯允，叉起双手，瞑目沉思片刻。山木却暗暗地眉开眼笑，庆幸事成，竟是这般意外的轻松。他抬眼瞧着中将闭目翕口、宛如熟睡的姿态，委实感到畏惧。

“山木君！”中将睁开眼，狠狠地盯住山木的脸。

“有！”

“山木君，你有儿女吧？”

山木不解其意，频频点头说：“哈，犬子一个，小女一名，请多关照……”

“山木君，儿女是可爱的呀！”

“啊？”

“噢，好吧，明白了。请你对川岛老夫人转达，今天就去接回阿浪，请放心……作为说客，您辛苦了。”

由于完成了使命呢，还是对这件惨事感到痛心，山木一连鞠了七八个躬，哆哆嗦嗦地站了起来，片冈中将送他出去，回来时，将书房的门啪的一声关了。

九、堕入陷阱

1

自武男去后，浪子幽居逗子别墅，既病体堪忧，又百无聊赖；更长漏永，度日如年，转眼已经一个月。麦子割完了，又是野百合花盛开的季节。前此咳血，她曾一度消沉，幸而如医生所言，其后并未明显的衰弱。不久前丈夫自函馆来书，知其归期已近，浪子心想：纵使做不到叫丈夫大吃一惊的程度，但也不能不恢复到咳血以前的样子。她勉励自己，凡服药、运动，悉遵医嘱，善自珍摄，屈指计日，等候丈夫归来。然而，近四五日，东京方面，突然断了音讯，不论麴町的婆家，赤坂的娘家或饭田街的姨母家，全都片纸短笺也不见。她不由得心魂不安。如今，为了消磨漫长的时光，她想打理些百合花；为此，剪掉百合下部的绿叶。她对送水来的几妈说：

“哎，几妈，东京一点音信都没有，怎么回事呢？”

“是啊，不会有什么事吧！不久会来信的吧？说话之间，说不定谁就来了呢。真的，多么美丽的花呀！是吧，夫人！

不等这花枯萎，老爷就能回来才好呢。是吧，夫人！”

浪子盯着手里的野百合花，说：“真美！留在山上就好啦，剪下来，怪可怜的呢。”

二人交谈之间，一辆车来到别墅的正门。车上坐着加藤子爵夫人。她顶回川岛老寡妇的要求，第二天仍然放心不下，借口有事，驱车奔赴片冈家。她在这里才听说，川岛家的使者早已前来当面摊牌，并已取得片冈中将的允诺归去了。她想待武男归来再做定夺的计划已经落空，且惊且叹。心想，莫如将外甥女接回家去（片冈中将以为：如果听之任之，不把真相告诉她，也就不会出什么不测之事。索性莫如接来膝下），于是，她一路来到逗子。

“啊，正好刚才还在谈论哪！”

“真的，来得真好……怎么样，夫人，我老婆子的话应了吧？”

“浪子，情况怎么样？其后没有什么变化吧？”姨母对浪子扫了一眼，又转过脸去。

“啊，见好啦……可是姨母可好？脸色非常难看呢。”

“我吗？唉，稍微有点头疼……时令的缘故吧？阿浪，武男有信来吗？”

“前天从函馆来信，说最近回来。噢，不，哪天回来不一定哪！信里说要带礼品来。”

“是吗？迟了……哎，已经，已经几点钟？两点啦，是吧？”

“姨母，什么事那么惊慌？慢慢坐吧！千鹤子呢？给她捎好吧！”她接过敬上的茶，并不沾唇，沉吟良久。

“请慢慢坐呀！夫人，我这就去买些菜肴来。”

“啊，迟了。”姨母极度惊慌地瞧着浪子的脸，又扭过头去。

“算啦！今天坐不稳。阿浪，接你来啦。”

“咦？接我？”

“噢，你父亲说，为治病，请医生商量一下，要你回去一趟。你婆家也知道。”

“商量？什么事？”

“……治病啊！还有，你父亲说好久没见了。”

“是吗？”浪子不胜惊讶，有些大惑不解。

“那么，今夜就住下吧？”

“不，那边医生在等候。趁天不黑，立刻赶这趟车。”

“咦？”几妈很吃惊。浪子虽然也心里没底，但是，言者姨母，召者父亲，既然婆母知情，只得遵嘱，做好准备。

“姨母在想些什么？护士不去也行吧？去去便归嘛！”

姨母起身，给浪子扎好腰带，整理衣领。“带她去吧！你还行动不便嘛！”

四时许准备完毕，三辆车等在门口。浪子身穿内外错纹的和服单衣，腰扎青灰色缎带，头梳总角，插一朵越桃花，右手打着墨绿色旱伞，一块白绫掩口，防止咳嗽。

“几妈，我去去就来。啊，好久没回东京了……那件单衣，眼见就做成了。啊，好吧，回来再说！”

姨母忍不住的滔滔热泪，全被遮掩在旱伞之中。

2

命运的陷阱在默默地等人，人们不知不觉地向那里走去。纵使不知不觉地走去，但是越近，越感到一种阴冷的气氛，这是从来如此的。

姨母远迎，父亲将会，浪子不问内情，便登上赴京的归途。她一登车，心中便浪潮不息，越想疑云越浓。姨母只托词头痛，这表现，一定蕴藏着不寻常的大事。心想问，但在火车上眼多嘴杂，不便开口。抵达新桥时，满心弥漫着这种迷雾，却由于久久再享的归京之喜，殆乎尽忘了。

众人下车之后，浪子由护士搀扶，跟随着姨母，漫步在月台上。出了验票口时，对面站着一名士官在谈话，猛然回头，恰好与浪子的目光相遇，这是千千岩。他对浪子从头到脚打量一眼，特意以目示礼。他的笑声不平常地响在胸中，犹如冷水浇头。她直到乘上迎接的马车之后，格外感到一阵阴冷，却非关病情……

姨母沉默，浪子无语。照耀车窗的夕阳下坠，到达冰川街的将军府时，已经暮色苍茫中飘着栗树花香。大门内外，可见运货木架，侧门射出火油灯光，传来人声，大约是在往门内运货。浪子心想：出了什么事？她在姨母和护士的搀扶下下了马车。门内侍女们掌灯，伫候子爵夫人。

“噢，来得好快呀……辛苦了。”片冈夫人的目光从浪子的脸移至加藤子爵夫人的身上。

“母亲一向可好……父亲呢？”

“啊，在书房里。”

这时，一阵童声嚷道：“姐姐来了，姐姐！”是弟弟和妹妹跑了出来。“安静些！”可是，二人不顾母亲的规劝，一左一右，缠着姐姐。这时，驹子也走了出来。

“噢，道子，毅一，怎么样？啊，驹子！”

道子拖着姐姐的袖子说：“我真高兴！姐姐今后永远在家住啦，连家具也全都运来啦。”

一时鸦雀无声。不论子爵夫人、姨母、侍女、驹子，不约而同地注视着浪子的脸。

“咦？”浪子惊疑的目光，从继母掠过姨母，又移向顿时变得狭窄的门旁小屋里堆放着的许多家具，好像正是自己家里的衣橱、木箱和梳妆镜。

浪子瑟瑟发抖，将要昏倒，一把拉住姨母的手。

全都哭了。

一阵沉重的脚步声，片冈中将来了。

“啊，爸爸！”

“噢，阿浪！等着……你哪。回来得好啊！”中将抱住抖成一团的浪子，贴在他那宽阔的前胸。

半小时之后，府内静悄无声。片冈中将的书房里，只有父女二人。出嫁之日，浪子深恐归期无日，曾静听严父教诲。一切如昔。浪子跪倒在父亲的双膝下呜咽。她一阵剧烈的咳嗽，中将将女儿的后背缓缓地搓抚。

十、不测风云

1

“号外新闻！号外新闻！朝鲜事件的号外新闻！”报童摇铃，铃声锵锵，四处叫卖。随后，一辆马车丁零作响，进了临街的川岛之府。这是武男刚刚归来。

川岛寡妇明知武男回来，必将盛怒，但她下定决心，先发制人！当山木回来报喜时，她想：“好事莫迟疑！”立刻将浪子的妆奁家具等全部送回片冈家。虽然有点残忍，然而，反正是个累赘，不能置之不理。一旦除掉，便也安心。于是，表现出近几日从未有过的心神爽朗。而另一边，同情小夫妻的奴婢们，既无人叹息，也无人耻笑，心里都捏一把汗：一旦老爷回府，不论多么孝心，也绝不会草草罢休的。正是这个武男如今归来了。加藤夫人的告急书途中递错；假如不是母亲捎来口信，他是无由获悉的。到达横须贺时，他请了假，便匆匆归来。

室内婢女从内宅走来，招手呼唤老夫人随身的侍女说：

“喂，阿松！老爷好像一点儿也不知道？还给少夫人带来礼品哪！”

“真太惨啦。世上哪里有这样的妈妈，趁老爷不在家，就把夫人给休了。我若是老爷，也要恼火的，这个鬼婆娘！”

“没有那么令人讨厌的老太太！吝啬，糊涂，扮演着板脸训人的角色，可她自己一无所知。就是这样。喂，从前她是在萨摩刨山芋的，我在这个家，已经讨厌死了。”

“不过，老爷毕竟是老爷！连自己的夫人被休了还一点都不知道，这可太迷糊了。”

“可，这也难怪，老爷远在他乡嘛！又不是婢女之流，换任何人，不跟儿子这个当事人商量，就匆忙地将儿媳妇赶走，这谁能想象得到呢！而且，老爷年轻。真的，老爷太可怜，夫人就更可怜，不知眼下什么样。唉，真烦人。喂，老太婆发火啦！阿松，不快点，她又会跑出来劈头盖脸乱发火的。”

后屋里母子问答，愈趋炽烈。

“不过，当时已经有言在先，而且连封信也不给，就这么擅自做主，真太残酷。真太残酷。我今天去逗子，浪子不在。我问几妈，她说浪子有事到东京去了。我很奇怪，心想：莫非母亲干出了那种事……真太残酷！”

“这，是我不对。正因为我不对，当妈妈的这不是赔礼呢吗？我也不是憎恨浪子，完全是出于可怜你……”

“母亲只疼爱我的身体，可是，丝毫也不考虑名誉、体面和感情，太狠心了。”

“武男！你是个男子汉吗？不是个女人吧？老娘对你赔礼，你还是思念浪子？还思念吗？还思念吗？”

“可您，太过分了！真是太过分了。”

“过分了，这不是事后的把戏吗？那边不也同意，干净利落地把人接回去了吗？你还想怎么样？再那么软绵绵的，像个女人，不仅老娘蒙羞，量你也成不了个男子汉！”

武男立即返回停在横须贺的兵轮。

朝鲜风云，日趋告急。七月中旬，廷议终于议定，和清国交战。七月十八日，命桦山中将再任海军军令部长；武男所乘联合舰队的旗舰松岛号，受命率其他诸舰，泊于佐世保。但愿绝望之身，成为炮火之的。武男和舰只一同，勇猛西下。

片冈中将自浪子回府之日，亲自指挥，选府内阳光充足、环境安静之地，特为浪子建一所十六、十二、八平方米各一间的独房，从逗子接来几妈，陪浪子在这儿居住。九月有令，命中将由后备转为现役。一夜，中将请繁子夫人到书房，恳求夫人照看浪子。同月十二日，随着军旗赴广岛帅帐。翌日，与大山、山地二中将，先后驶向辽东。

相同的命运依次袭来。仇人也罢，知友也罢；销魂也好，怨恨也好，一时无不被卷入甲午战争的狂涛之中。

下卷

一、甲午战

1

明治二十七年九月十六日午后五时，我军联合舰队战斗准备完毕，向大同江进发，转而向西北航去。时值鸭绿江港口附近发现敌舰护送一艘运输船。我军正欲寻敌，决一雌雄。

高千穗、浪速、秋津洲各舰为第一游击队，任先锋，旗舰为吉野号。千代田、严岛、桥立、比睿、扶桑，组成中军继之，以松岛号为旗舰。由炮舰赤城号以及载着军令部长观战的西京丸压后。十二只军舰排成一列，于午后五时离开大同江，忽回忽进，犹如蛟龙，溅起黄海大浪。俄而日坠沧海，古历八月十七日的明月东升，船只在金波银浪中满载欢笑，踏着月色前进。

旗舰松岛号的士官室里，晚餐已毕，值班助手以及其他要事在身的人们早已散去。但是，仍有五六人留下，正谈得兴高采烈。为防舷窗漏光，全已遮好。于是，热量集于室内。即使不这样，一张张血气方刚的脸，也益发显得红润。

桌上有咖啡碗四五只，点心盘大体已被一一荡平，只有一小块糖烧饼，不知哪位年少将军所弃，战战兢兢，胆怯地躺在一旁。

“陆军说不定已经攻陷了平壤呢。”堪称短小精悍的一名少尉手托着脸，将满座扫了一眼。“然而，这里又如何呢？简直不公平，混蛋加三级！”

粗墩墩的小会计在角落里莞尔一笑：

“反正不是像演戏吗？一落幕，就收场啦。幕间长一点，反倒有趣儿嘛！”

“依你说，多么遥远，这可受不住。和北洋舰队捉迷藏玩，我们已经厌倦了。这回再走两岔去，见不着影儿，我等就长驱直入，攻进渤海湾，给大沽炮台一个炮弹，犒劳犒劳，否则，可忍不住啰。”

“这会像钻进口袋一样，若是被截断归路，那可如何是好？”认真插一嘴的，是某军官候补。

“什么？断我归路？那可求之不得。但是，你所说的北洋舰队，并不那么敏捷呀！不是我斗胆说丧气话，这回也不一定碰得上。”

刚好皮靴声近了。一名高身材的少尉站在门口。矮身材的少尉仰脸说："噢，航海家，怎么样？一无所见吗？"

"只有明月。点检完毕，迅速就寝，养吾浩然之气哟！"说着，将盘里残余的一小块糖烧饼大口嚼着："唔，吃点。一站在甲板……肚子饿得厉害，勤务兵！拿点心来！"

"你也太能吃了！"一名穿红衬衫的少尉微笑着说。

"借问君何如？吃着点心，痛骂老头子们，大概是我士官室英雄们的特权吧……怎么样？诸位！水兵们已经等不到天明，都说张大了眼睛睡不着，发愁哪！如果就此败阵，那就不怪士兵，××之罪也。"

"我等的勇猛，丝毫不必怀疑。但愿沉着，沉着！莽撞可不行。"说话的人是同寅中年长的甲板士官。

"提起莽撞，×分队一军官可真惊人。"另一人插言道，"话倒是很鼓舞人心。不管怎么讲，军人要肯于牺牲！但是，说什么'廉价葬身，正是此地！'差点挂出招牌来。这太过分了。"

"啊，川岛哇！是他说的？是的，是的，炮击威海卫时，他也干了那么危险的事。假如任川岛为司令官，那就不是三分队的军官了。他说不定将舰队带进渤海湾。”

“这还不算。目前景况不同于从前了，非常爱发脾气哟！不知哪一天，我拿川岛夫人开了几句玩笑，他气得满脸发青，差一点儿让我饱吃铁拳。我比起镇远号的三十厘米炮弹，更怕吃他的一拳。哈哈……我想他有什么秘密，红衬衫先生，你和川岛是好友，恐怕是了解秘密吧？”航海士望着绰号为“加里波的”的那个穿红衬衫的少尉。

这时，勤务兵端着盛满了点心的盘子来到。士官室的谈话暂且被打断了。

2

夜里十时，点检完毕。暂且无事者闲卧，余者各司其职。由于禁止喧哗与火光，上下甲板悄然无声，宛如无人之境。除了舰长对舵手的命令声，惟有烟囱里嘟嘟冒出的黑烟漫蔽银月，画出螺旋形的波环，像个巨大的心脏。机械轰鸣，响彻舰内。

月色皎洁的前舰桥上，有两个人影，一人在桥左凝然伫立；一人脚步轻轻，拖着比墨还黑的影子，五步一停，十步一返，这便是川岛武男。他是该舰某分队的军官，作为助理，与值班的航长一同，要在舰桥上站四个小时。

他刚才是到舰桥右侧，举起望远镜向四方望去。他一无所见，便放下右手，左手握着栏杆。前方炮台有两名军官边低声交谈边走到桥下，又消失在暗雾中。甲板上十分寂静，风愈冷而月愈明。越过游动在舰首的哨兵身影向大海望去，极目所视，只见左舷侧方有淡淡的岛影和先锋舰秋津洲号在似有若无的月光中航行。一舰之外，惟有月色染白了的黄海之波。还有一阵火花伴同着浓烟从烟囱里滚滚冲出。举目望去，桅杆上群星高悬，天空，布满了秋夜天空；冷月边浅印一道银河，白茫茫，一片朦胧，泛着白光后浪推着前浪。

月已三度重圆。是啊，武男自拂袖辞母，月已三度重圆了。

在这三个月当中，他的生活史上经历了多么复杂的境遇啊！朝鲜风云，使他心潮澎湃，在佐世保港湾的送别歌，使他肝肠寸断。“此时此刻为国家，要去远方就出发”……追颁下宣战大诏，他握紧拳头，威海卫炮击时第一次受到战火洗礼。惊心骇目的事迭迭发生，几乎使他无暇思索。谢天谢地，因此，武男才不去想为之摄魂勾魄的爱，仅能自持而已。他想：当此国家多事之秋，自身乃区区沧海一粟，武男一人的生死沉浮，何足挂齿！

他自谴自责，背负着痛苦，走上了这一行的道路；竭其绝望的蛮勇，从事征战。他认为死，比鸿毛还轻。

然而，在这无所事事的舰桥之夜，在这朝鲜海峡的溽暑之夜，在这幽梦难成的吊床之夜，曾有几番悔恨，如同潮水涌上心头，胀裂大丈夫的胸襟啊！物换星移。如今，当时连羞什么、怒什么、悲什么、恨什么都难以分辨的感情在腑内翻腾的时光已经逝去，只有一缕愤恨凝缩，不知不觉地吞噬着他的心。其后，母亲曾两次来信，寄物，盼望武男平安归朝。武男觉得母亲确已衰老，膝下凄凉，便发信责备自己当时说得过头，祈祷母亲健康。然而，剪不断的怨恨，却深深埋在心底。夜夜躺在吊床上，惟有围着雪白披肩的一位病人的身影，陪伴着歼灭北洋舰队和自己阵亡的梦。

书信断绝，月已三度重圆。她还活着吗？不在了吗？活着！无一日不思念她。她也同样，无一日不思念我。不是发过誓言吗——我俩要同生共死。

武男情思滚滚，又忆起最后相逢的时刻。初五的月亮，挂在松林；逗子的傍晚，暮色茫茫。她送我走出门来，呼喊道："早些归来哟！"伊人啊！今在何方？无限沉思，举目望去，恍如围着白披肩的倩影，正从月光中移步走来。

武男心想：假如明日舰队首尾碰上敌人，此身一旦成为弹丸之的，那么，今生就一切都成为南柯一梦了。他又想起母亲，想起亡父，想起几年前在江田岛的时日，而且，心儿又飞回病妇的身上。

"川岛君！"

有人拍打他的肩头，他猛吃一惊，慌忙背对明月。惊动他的是舰长。

"多么美的月色呀！简直不像来打仗！"

武男深深地点头，偷偷地拭泪，又举起了望远镜。

月色皎洁，黄海一望无际。

3

月儿落了，天呈紫色，夜已破晓，时间跨入了九月十七日午前六点，舰队已进至海洋岛附近，先遣炮舰赤城号进入该岛的象登湾，探查敌情。赤城号驶回报告说：港湾平安无事。舰队又继续航进，抵达可以途望大、小鹿岛侧影的大孤山湾。

午前十一时，武男有事，走出军官室，刚到舱口，上层甲板有人喊道：“看见啦！”同时，只听响起一阵仓皇、纷乱的皮靴声。他伴同着急剧的心跳，踏在舱梯上的脚立刻收住了。刚好从舱梯下路过的一名水兵，也突然站住，和武男打了个照面。

“川岛！发现敌舰了吗？”

“噢，好像是。”武男说罢，压不住内心的激动，大步跨上甲板。只见人影散乱，口笛急鸣，信号兵慌忙升起信号旗。舰首很多水兵，列队，瞭望台上站着司令官、舰长、副舰长、参谋、诸士官，无不锁口凝眸，遥望远海。放眼望去，北方黄海之波，天水相接处隐约出现几道黑影，细如乌丝，一、二、三、四……共十条。

正是敌方的舰队。

瞭望台上的一位将领，掏出怀表一看，说：“一个半小时之内没事。如果已经准备好，就先填饱肚子吧！”

站在中心的一位将领点头说：“大家久等了。诸君，希望你们吃得饱饱的。”说罢，捻起胡须。少顷，战旗飘飘，高高升上桅杆之巅；几声军号，从瞭望台响彻船内各个角落。官兵们各就其位：舰内人影交织，宛如穿梭。有的登上桅楼，有的下到机舱，有的去水雷房、医务室，他去右舷，他去左舷，他去舰尾，他登瞭望台，完成了纵横自如的局部部署，不失时机地做好了战斗准备。恰是傍午，立即发令，共进战斗前的一次午餐。

武男协助分队长，指挥属下炮手，迅速地将右舷的快炮装好炮弹，回到士官室稍迟了些，而同事们早已齐集。只见筷子飞，杯盘响。那名矮个子少尉吃得很认真；那名甲板上的士官边不住地拭额上的汗，边闷着头吃；那名年轻的军官候补时时瞧着别人的脸，不甘示弱地将菜肴吃个精光。他忽而啪的一声撇下筷子，站了起来。此人正是穿红衬衫的那名少尉。

“诸君！大敌当前，还从容不迫地进午餐……诸君的勇敢，可以说不比立花宗茂①逊色。今晚还能不能齐集一堂吃一顿晚餐，还是个问号。诸君，让我们握手告别吧！”话音

① 立花宗茂（1569—1642）：日本安土、桃山时代武将，曾侍丰臣秀吉。

未落，早有邻席的武男紧紧握住他的手，摇晃了两三下。同时，满座起立，互相握手，两三个菜盘从桌上滚落下去，噼啪作响。一名左脸有痣的少尉抓住一名年轻医官的手说：

“我们一旦负伤，请高抬贵手！这是点小意思！”说着，打了他四五拳。满座哈哈大笑，接着又恢复了严肃。你也走，他也去，最后空荡荡的，只剩下狼藉的杯盘。

零点二十分，武男奉分队长之命，有事与副舰长商量，登上了前瞭望台。这时，我舰队已排成一列纵队，约距四千米。第一游击队的四舰领先航进，中军六舰以松岛号为先锋，紧紧相随，赤城号、西京丸伴在中军的左舷。

仰望桅杆，战旗高高飘扬在碧空。烟囱里黑烟滚滚，船头劈开大海，白浪高飞，跃在两舷。将领们或举望远镜，或握长剑柄，在瞭望台上迎风而立。

遥望海北，水天之间，浮起浓烟一缕，宛如一丝乌发，越来越粗。敌舰恰似从海下钻出，先露烟雾，继而渺茫可见银针似的桅杆以及烟囱、舰身，逐渐看见了桅杆上的点点旗影。格外显眼的定远号、镇远号舳舻相连，充任中军；经远、致远、广甲、济远为左翼，来远、靖远、超勇、扬威为右翼；只见西方又升起浓烟，此乃平远、广丙、镇东、镇南各舰以及六艘水雷艇。

敌舰排成一列横队；我舰则排成一字纵队，直奔敌队中心，二军形成丁字形。相距万米时，我先锋舰队突然转而向左，向敌舰右翼笔直前进。与此同时，我舰犹如龙摆尾，缓缓地向左移动。于是，两军阵式，由丁字形变成“八”字形。敌方向左侧延展，我舰斜着插向敌舰右翼，宛如形成三角形。敌进，我前，相距只有六千米。这时，耸立敌队中心的定远号舰首的炮台袅袅腾起白烟，两颗三十厘米的炮弹响过高空，落在我队先锋的左侧大海。黄海之波，吓得倒竖。

4

黄海！昨夜还水浮月白；今日也漫然蘸湿白云，映下岛影，载着睡鸥的梦；悠闲恬静，胜似画图。然而如今，已经变成了血肉横飞的杀人场。

武男跨下瞭望台，走到右舷的速炮台，只见分队长正高举望远镜向敌舰望去，士官以下大多脱掉了夹克，腰部以上用衬衣的两只袖子缠上，露出两只被海风吹黑了的粗大胳臂，有的还用白布束紧了腹部，静待一声令下。这时，我先锋舰队乱炮射向敌军右翼，已经穿过敌前。我中军率先挺进的松岛号，正以最快的速度靠近敌舰。举起望远镜向敌方望去。只见敌方镇守中心的定远、镇远二舰最先冲出，横队略呈钝角形，距离逐渐缩短，即使极目远眺，二舰的形状也会越看越清晰。武男蓦然想起过去曾在横滨码头见过这两只战舰，便兴致更浓地定睛注视。依然是当年的两只战舰。所不同的只是今天它吐着黑烟，掀起白浪，张开炮眼，咄咄逼近，迫近我军，宛如恶兽扑来。

俄而，海面上一声雷吼，有物“咚”的一声在空中飞鸣，掠过松岛号的桅杆，坠于大海，溅起两丈多高的浪峰。武男觉得从后脑海直到脊髓驰过一股不可言喻的冷气，急忙站稳了脚跟。不知他人如何，但见聚在舰尾的炮手行列曾一度乱了阵脚，后又稳住不动。战舰徐徐前进。三、四、五发敌军炮弹纷纷乱飞。一颗炮弹炸碎了挂在左舷的小艇，其余四弹全在松岛号四周掀起大浪。

武男急不可待，喊道：“分队长，还不开炮吗？”时间已经过了一个小时。“四千米！”报告声传遍了右舷和船头、船尾。调好准星，握住信号盘。这时，渴望的一声军号响了。“打！”伴同这号令，我军口径三十二厘米的大炮以及右舷的炮火一齐向敌舰发出第一炮。战舰颤抖，黑烟沿着舰舷浓重地翻腾。

恰似回敬，不知是定远号还是镇远号，发出的巨炮在空中骇人心魂地呼啸，只差二寸左右，从烟囱上掠过，沉入大海。二、三名炮手不由得低下了头。

“喂，打呀！要坚强，坚强，打！”

右舷的边炮一连串地发射。三十二厘米的大炮轰鸣，震得舰身颤抖。接应的各舰也万炮齐发。忽然敌军射来的一颗定时炸弹在炮台附近开花。一名炮手正向炮尾运炮弹，忽然在武男身后扑腾一声踤了个仰面朝天。刚刚站起，又踤倒，鲜血飞迸，溅在武男的裤子上。大多炮手无不回顾：

“谁？是谁？”

“西山吧？是西山，西山！”

“死了吗？”

“打！”分队长在吼叫，炮手们齐集于炮身之旁。

武男命担架兵迅速将死者运走，刚想回身在尸体倒过的地方驻步，分队长望着武男的军裤说：

“川岛君，负伤了吗？”

“哪里，是刚才那个死者的血溅的。”

“啊，是呀！喂，立刻报仇！”

大炮连续发射，战舰快速航进。我中军舰队在敌舰横队的周围画了个很大的圆弧，边攻边进。一时半过些的时候，已经绕过敌舰右翼，画了个半圆，即将抵达敌舰的背后。

战斗第一个回合已经结束，第二个回合又将开始。松岛号的右舷侧炮时时戛然声息，士官炮手们擦起满头的淋漓大汗。

这时观察敌我阵形，只见我先锋舰队迅猛乱炸敌舰右翼，使超勇、扬威发愁，甚至丧失了战斗力。我先锋舰队突然掉转船头，和中军舰队一同，要轰击敌舰的后背。我军比睿号，因速度太慢，跟不上中军，遂大胆地独闯敌舰中心，试图决一死战，寻找活路，但因起火，便退出阵外。西京丸也刚刚脱险，退到安全圈外。只有赤城号留在敌前，以六百吨之小舰孤身奋战，冲破重围，跟在比睿号之后追踪而去。然而，先锋舰队之四舰和中军五舰，稳住阵脚，丝毫不乱。

但见敌方，超勇起火，扬威失去了战斗力，右翼已乱，左翼三舰队形不整，但还想追赶我比睿、赤城二舰；其援兵水雷艇却躲在一边。然而，定远、镇远以下数舰，自从我舰抄其后路，突然掉转船头，变成一列纵队，威风凛凛地向我中军攻来。

于是，第二个回合的战幕拉开了。我中军看见西京丸高悬信号牌，上写："赤城、比睿危险！"便派四艘快速的先锋舰队边驱散了咬住赤城、比睿尾巴的三艘敌舰，边将横列的五舰依然采取一线纵队的阵势，以同样排成纵队的敌舰为中心，画了个巨大的蛇眼，边战边飞。二时半，将敌舰团团围住，逐渐逼近。这时，我先锋舰队将咬住我比睿与赤城的三艘敌舰一战驱散，并追击逃舰，深入敌队中军。敌舰开始全面进攻。但是，我先锋舰队已将敌舰包围，左右夹击。

于是第三个回合的战斗开始了。我海军精锐和敌舰主力全速航行，旗鼓相对。两军舰艇，出现了你往我来、难分难解的一场混战，宛如二龙困鲸。黄海沸腾，一片狼烟。

5

我舰中军攻其后，先锋舰队攻其左，将敌舰团团围住，进行包抄，战斗正酣。随着战斗的白热化，武男逐渐达到了忘我的境地。从前学生时期，他热衷于棒球，每当顷刻间决定胜负的关键时刻，他竟然忘记了身在何方，仿佛天空中有个什么东西，拉着他乱转。此时此刻，他觉得恰与那时毫无二致。除了放开敌舰、再去咬住敌舰的时间，以及调转船头、冲向左舷之敌、而右舷暂且安闲的时间内，一直是发号施令，喊得喉音发哑；满脸汗雨滔滔，却也浑然不觉。敌弹以舰旗为目标，集中于松岛号，在铁板上开花，炸得木板烧焦，鲜血溅在甲板，而他仍是浑然不觉。两军的炮声交互轰鸣，宛如心脏跳动的节奏，稍有间歇，便因耳边寂静而惊诧。全身都已沉浸于血战之中了。这时，属下炮手也都不睬那乱弹横飞。他们装炮、瞄准、拉线、发射、再装炮……准确的射击更鼓舞了战斗激情。起火了，扑灭；不待发令便运来炮弹；尸体与伤员迅速运走；几乎不须士官下令便手自动，足自移，战舰机械，毫不间断地顺利运转。

这时举目望去，但见黑烟遮天蔽海，从重重烟幕的隙缝中，处处依稀可见敌我桅杆与军旗。炮弹几乎每秒钟都发出訇然巨响，震撼着海底；炮弹还在空中相遇，撞得爆炸；海水不间断地飞起浪峰，宛如鼎沸。

“真高兴，定远号起火啦!”分队长力竭声嘶地喊叫。

从浓烟的空隙望去，飘扬着黄龙旗的敌舰前部，黄烟翻滚，但见敌兵如蚁，四处乱窜。

以武男为首，炮手们齐声叫好。

“嘿，打呀！狠狠地打!”

敌舰受到左右夹攻，趋于崩溃。超勇号最先披着烈火沉没，扬威号早已大败而逃；致远号正在下沉，定远号腾起烈火，来远号也陷入火海困境。敌舰坚持不住，终于抛下定远号和镇远号，纷纷逃窜。我舰不失时机地跟踪追击。中军五舰在炮击未逃的定远号与镇远号。

第四个回合的战斗开始了。

整整三点，定远号前部火势渐浓，黄烟滚滚升腾，但它仍不脱逃。镇远号依然守护旗舰。二大铁舰巍然如山，向我扑来。这时，我中军五舰在敌舰周围全速回航，几度相遇，则乱枪相对。

炮弹如雨，向敌军二舰倾泻。而且，犹如中世纪快马轻骑的穆斯林战士，乱弹打起回马枪，射杀坚甲重铠的基督教十字军武夫，命中的弹丸多被二舰的铁甲弹回，在舰外炸裂，消失。午后三时二十五分，我战舰松岛号几乎与敌方的旗舰并立。我军发射的快炮恰恰击中敌舰腹部，却被弹了回来，如同火花，空自在舰外炸裂。武男见此情景，不胜恼火，“消灭它！”他咬紧牙关，用右手里的剑柄一阵拍打，险些将剑柄敲断。

“分队长！太遗憾……往那儿瞧，畜生！”

分队长眼里布满了血丝，踏响了甲板，说：“打，打它的甲板，甲板！怎么，打呀！”

“打！”武男也高声叫嚷。

“再来一炮！”随着武男的一声叫喊，霹雳号全舰大震，刚刚发觉炮台里如同火山爆发，为时已迟，武男已被炸得乱飞，咚的一声踤倒。

敌舰发射的三十厘米的两颗大型榴弹，恰恰穿透炮台的中心爆炸了。

“遗憾！”武男边喊边一跃而起，却又一个腚蹲摔倒。

这时，他觉得下半身剧烈的疼痛。他倒在地观看，四周只有一片血肉和烈火。分队长不见了，炮台宛如一个大洞，洞里漂着蔚蓝色，那便是海水。

由于疼痛和无法形容、惨不忍闻的腥臭味，武男便合上了眼睛。人们的呻吟声，物质的焚烧声，接着是喊叫声："起火了，起火了，准备水泵！"与此同时，还有纷然沓至的脚步声。

武男忽然觉得有人来抬他。当他的脚被触动时，无限苦痛传到头顶，他不由得"啊"地叫了一声，跌了个仰面朝天。红色云雾在他闭紧了的眼前打旋儿。渐渐的，他昏了过去。

二、寡妇恨

1

且说大本营所在地广岛，十月中旬，第一师团早已开赴辽东半岛，继而第二师团开来，顿使广岛显得狭窄。而且为了召开临时议会，六百名众议院议员从东方旋踵而至。遍地都是戴高帽的人力车和佩剑骑士的马蹄声混成一片，令人觉得维新当年京都城的热闹景象，又在这向阳之岛重演了。

市内号称繁华地区的大手街，到处挂起门牌：什么“参谋总长亲王殿下寓”“伊藤内阁总理大臣寓”“川上陆军中尉寓”等等。由此越过二号、三号街，则家家户户钉了牌子，标明“征用米数 ××× 铺席、×× 间”，大多住户都贴了纸条，注明士官姓名、兵员队号、人数，这说明临时营房住不下的士兵拥来了。其中有的挂起“×× 军用品办事处”“×× 组民伕管理所”等新招牌，人影幢幢，出出进进。那家商店门前匆忙地往大箱里装柠檬汽水，这家铺子小伙子们包装的饼干箱堆积如山。马上将军从中穿过，急趋大本营；耳夹铅笔的报社记者飞车而过，大约是奔向电报局。不多时，载着黄巾裹刀和皮包、自车站走来的人与暴日晒得黧黑、还穿着夏季破衣、估计是刚从宇品登陆的人擦肩而过；在报纸刊载的照片中似曾相识的一位元老，一副沉思的神色驱车而去。

有一块一间大的招牌，上写“陆军服务社”。另有招牌两三块，分别悬挂在门口的三处。这一家从门口到大路，粗制毛料防寒服堆积如山，一名好像是掌柜，指挥年轻人们装卸，正在忙碌；一位年过半百的老人，为送客急忙从内宅走来。他额角微秃，眼梢下垂，左眼下有个特大的黑痣。他对掌柜吩咐几句，刚想回房，忽见门外有车向右驰过。

“田崎君……田崎君！”

过路人大约没有听见呼声，径自走去。呼喊者命年轻人将他唤回，车子便回到正门来。车上乘客年约五十出头，黑红面孔，鬓间有白须；身穿黑绸和服外褂，头戴半旧的公皮①帽，人力车上歇脚的地方放着一个中号皮箱。刚被唤回

---

① 日本千叶县某市的一部分。

时，他觉得莫名其妙，待看见站在门口的主人，才转惊为喜，脱帽问道：

“这不是山木先生吗？”

“田崎君，幸会呀！你到底是几时来的？”

“想搭这趟火车回东京……”田崎说着跳下人力车，从散乱的草绳中间穿过，来到门口。

“回东京？你几时，去了什么地方？”

“噢，前些天去佐世保，现在正是返京途中。”

“佐世保？去瞧看武男……你家老爷？”

“是的，去瞧看老爷！”

“这可不像话！去瞧看老爷，往返都越门而不入，太不像话了。姑娘不好，老太太也不对，事前连一张明信片都不来。”

“哪里，太急促啦。”

“可，临去时到家就好了嘛。总而言之，喂，请吧，把人力车打发走，行啊，有话对你说。晚一趟车回去可以嘛……可，武男……噢，老爷的伤势如何呀？说真的，那时候我也听说他负伤，本来也想，必须前去瞧看瞧看。可是，光是心里想，赶巧听说第一师团近日开拔，忙得不可开交，终于，这个……仅仅寄去了一封慰问信……啊，是嘛，骨头没怎么伤着？大腿……哈，是吗？一句话，还是年轻好哇！像你我上了年纪，哪怕指尖扎了个小刺儿，也要一周或两周才能好。至于老爷，年轻嘛……总而言之，非常万幸呀！老夫人也放心了吧？”

欠身半坐的田崎掏出怀表一看，刚想起身，山木拉住说：

“唉，行啊！好不容易顺路到家，我还有点东西想孝敬给老太太。坐夜车吧！夜车嘛，还有些时间。等我把事情处理完，找个地方，边喝边谈吧！广岛的鱼可真香哟！”

山木的嘴，应该说比鱼更香。

2

秋日的夕阳涌进天安川，将水滨一家酒楼的纸窗涂满了金色。二楼有贵、众两院议员的有志之士正举办联欢会，喧嚣声几乎震塌屋顶。与此相反，楼下小间，侍女脚踪都不利，只有二人在谈心，举杯。此二人便是山木和田崎。

这位田崎从武男的父辈起就当管家，如今也还天天从很近的自家走向川岛府，事事无不悉心竭诚地照料。虽然武男的父亲常说，他无力操持得井井有条、毫无漏洞，但他从来不想偷主人的收入以肥私囊，这是该人的可取之处。因此，他深得老夫人和武男的信任。此行，仍是奉老夫人之命，去佐世保探望主人的伤势。

山木将举起之杯放下，摸着自己的前额说：

“说真的，我虽然回过东京，但是住一宿就必须立刻赶回广岛，所以，这事情未曾耳闻。这个嘛，从那以后，浪子的处境也很不好哇！的确，有点太绝情啦！不过，总而言之，是为了川岛家好，没法子哟！啊，是吗？近来好些？的确，到逗子休养去了。不过，惟有那种病，不管怎么看着见好，总是致命之疾啊。不过武男……不，少爷，还生气吗？”

田崎揭开碗盖，但闻松蘑传出香气，泛起加吉鱼的油珠，他美美地喝了一口，捋了捋口髯。

“唉，就是嘛。这，提起从前，尽管说什么为了一家人没有办法，啊，山木君，少爷不在家，压根儿不商量就处理完毕，老太太也太刚愎自用了。老实说，我也曾劝告老太太，等少爷回来再议，可她是那种性体，一旦出口成章，就不管三七二十一，一干到底，终于遵她的旨意办了。我认为少东家不高兴，也是难怪啊！而且，那个令人发愁的千千岩……据说真的到清国去了。”

山木瞪大眼睛盯着田崎说：

“千千岩，啊，此人不久前出征啦。因为我识破了他的半吊子嘴脸，住在广岛时还常常来要钱，叫他坑苦啦。真是个脸皮太厚的人。说什么：‘我说不定在战争中阵亡，权当买香纸，给我饯别吧！反之，如果能够活命，一定领个金鸱勋章来见你。’他是敲竹杠，弄去了一百多两银子哟！哈哈哈……可，武男君伤愈之后，首先要回东京吧？”

“这，他本人的想法倒像是一旦伤势好转，立刻返回前线。”

“还是那么豪言壮语的。不过，田崎君，倘若他回东京一趟，和老太太言归旧好，难道有何不可吗？我倒不了解他对浪子喜欢到什么程度。说起浪子，已经离婚。何况，她是个健康的人吗？莫非还能接她回来？咳，过去的事没办法啦。我想，母子二人不早些言归旧好是不行的呀！嗯？田崎君！”

田崎十分担忧地说：

“少爷那么正直的人。退一步说，就算老夫人不好，看样子，他觉得自己的做法也不太相宜，何况这次我去瞧看他，告诉他老太太也已省悟，他没谈起和好之事，不过……”

“战争时期还谈什么婚事，这也许可笑。不过，总而言之，要早些娶个太太。怎么？难道少爷即使和老太太和好，仍然忘不掉浪子吗？年轻人起初是很倔强的。但是，新人一过门，瞧上一眼，就会满心欢喜啰！”

“啊，这事情老太太也想过。不过……”

“是说有困难吧？”

“咳，少爷那么一条道跑到黑，这，总有点……”

“但是，为了家庭，为了少爷嘛。是吧？田崎君！”

谈话一时中断。二楼的演说大约已经结束，不断地传来掌声。纸窗上的夕阳渐淡，但闻军号声冷冷凄凄。

山木洗净酒杯，再让田崎。

“田崎君，你常常关心小女。不过，这是个愁人的丫头。

怎么样？老太太不会中意吧？”

自从浪子被赶走，过了一个月，山木以向川岛寡妇学规矩为名，亲自将女儿阿丰送到川岛家。

田崎流露出微笑，似乎想起了什么。

3

田崎微笑，川岛寡妇却皱起了眉头。

武男愤然离席那一天，母亲瞪着儿子的背影叫骂：

“不孝的逆子！见你的鬼去吧！”

母亲了解武男孝顺，总是曲迎老人的心意，毫不迟疑。正因为她了解，并且明明知道武男对浪子原就爱得很深，当势不两立时才不问青红皂白，硬叫儿子抛弃自己的所爱，以孝顺母亲。正因为她这样想，尽管连她自己也不曾想事情有点做绝，却依然说什么“为了家庭”“为了武男”而独断独行，打发了浪子。及至眼见武男的怒火意外炽烈，母亲这才醒悟自己打错了主意，并且明白了母亲在儿女身上并非拥有绝对的主权。从前，她以不悦的目光瞧着儿子钟情于浪子；而今天，又眼看自己虽以慈母之爱、慈母之威、慈母之恩，却依然胜不过弥留之际的浪子之情，这时，她觉得自己已经威风扫地，儿子的爱已经全被浪子夺去。她又是痛恨武男，又是加倍咒骂被她赶回娘家的浪子。

还有一件事使她怒火更烈，那便是虽未意识到自己做事之非，但是心头却稍有疑云在飘飘忽忽。“武男愤怒的实质，难道毫无道理吗？我的举止，难道毫无越界犯子之处吗？”每当不眠之夜，她便孤零零地凝望着映在天棚的灯影思索。她认为自己没有错，无懈可击。但却似乎有个声音在窃窃私语：“这是你的错！是你的罪过！”于是，她更加心乱如麻。最强大的，是相信自己正确的一颗心。恼火，常常发生在被他人或自己的内心指出错误、在自己的良心面前因悔悟而屈膝之时。刺要害，则猛兽大吼；觉己非，则人儿愠怒。武男的母亲因此而难以抑压的怒火更使她烦闷，也就愈发觉得武男可恼，浪子可恶。武男竟然拂袖而去。日复一日，迄未前来赔罪，连封致歉的书笺也不曾发来。母亲可以排遣忧思的唯一途径，便是任其怒火横飞，聊以自慰。恼恨武男，恼恨浪子，忆当时恼恨，想未来恼恨；悲伤时恼恨，寂寞时恼恨，束手无策时也恼恨。恼呀，恨呀，恼恨得筋疲力尽，总算夜能成寐了。

川岛家平时凶恶的老太太肝火本就很盛，近来火气更旺了。女仆们已经司空见惯，曾几次趁归拢随手用品时，传开了朝鲜出事的有关丰岛、牙山①之战的报纸号外。“武男这个不肖之徒，出征后连一封告别的信都没来！”川岛寡妇曾几次动怒！但是，传说世态却是另种样子：老妈妈从乡下赶来，送子远征；有的老妈妈赠物寄书，激励儿子。而川岛家，子恨母，母恨子，不通一纸书函，一个在战场，一个在京城，各自心中郁积着不快。“假如就这样永别……”武男的母亲不禁蒙眬地意识到这一点，终于骂吵吵地屈服，给沙场上的儿子一连写了两封信。

立刻从战场寄来了回音。过了一个多月，从海军医院来了一封电报，报告了武男负伤。的确，母亲接过电报的手不住地颤抖。不久，知道了伤势并无生命危险，但还是派田崎去到路途遥远的佐世保，了解具体情况。

4

自从田崎自佐世保归来，详细报告了武男的伤势，母亲

---

① 1894年7月25日，日清两国在朝鲜牙山外的丰岛湾交战，成为日清战争的起端。

这才放下心了。但她仍然盼望儿子病愈之后见上一面，并且仍以战争结束后早为武男续弦为得意之计。这，一可从武男的心灵中消除浪子；二可保全川岛家的宗祀；三可使往日对待武男有些过头的苛刻之愆一扫而光。

早日为武男续弦，这是在决定休回浪子时便涌上母亲心头的大事。为此，她把为数众多的近亲挚友当中可以娶进来的小姐都在心中一一重数，反复端详，却都不称心。正在愁云不解之际，山木突然将女儿阿丰送到川岛府，声称什么“见习礼法”。武男的母亲既非白痴，未必不晓山木的真意所在，并且也不是不知道阿丰未必是个智德兼备的女人。但是，溺水者不放过一根稻草。母亲穷于为武男订亲，山木却庆贺自己希望临门，便试着将阿丰送去。

测验的结果，田崎微笑了。考官和考生双不满意，说起来，竟以成为女仆们开心的笑料而告终。

初则和平共处，次以小口径猎枪草草地乱射一通，终则发出骇人的攻坚炮，这是川岛寡妇对任何人都惯用的战术，浪子也曾亲自体尝。只因浪子神经敏锐，感官锋利，苦痛之情，也便来得早些。阿丰如今也被迫尝到了滋味。然而，阿丰是一副无为而治的气质，即使面对乱弹如飞，也不过像听谁家炒豆而已。其后，川岛寡妇便不得不空前迅速地动用她的攻坚炮了。

阿丰心境悠然，常如春日的蒙蒙烟霞。胸无半点物，人我无差别。岂止于此，往往个人的形体消逝，立刻与动植物同化。每当春夜来临时，只要在庭院等处伫立，灵与肉便整个儿融解在烟霞之中，而无力自拔。阿丰自从开始意识到自己沉湎于爱情，也陡然开始理解劬劳了。从揉着惺忪睡眼起床，一直被指使着干这干那，得到的却是训斥和痛喝！诚然，暗箭中伤，她都一概糊里糊涂地忍受；但是，惟有连珠攻坚炮，阿丰不论怎么超然物外也是吃不消的。她想，假如不是意中人的家，早该逃走了。然而她想：父亲的教诲和不时回樱川街家里时听到的母亲的训诫，正应该应用在此时此刻。于是，她才在攻坚炮面前稳住脚步，忍气吞声地打发着日子。有时觉得再也受不住，恋爱竟是这般痛苦，决心再也不爱什么人。可怜的阿丰！为了川岛寡妇，不得不将动辄错乱的方寸锁紧安全栓；对待奴婢们又不得不天长日久地供他们开心。她没有见过意中人的面，竟以有生以来从无前例的最大克制与忍耐，等待着渺茫的希望。

自从阿丰进宅，武男的母亲又添了一分愁肠。失去的玉石最大，赶走的媳妇最贤。虽然阿丰和浪子不能相比，不过，自从阿丰来到身边服侍，一举一动，事事不称老太太的心；而浪子尽管常使她十分闷闷不乐，却又不时地忆起她从前训斥过、咒骂过的那个人。一个蕴秀藏锐的女人，寡言少语，举止端庄。看上去并非聪明外溢，但她尽管不大习惯，却能领会老人的心意。心眼也灵通，更重要的是心细可嘉。川岛寡妇得意忘形时，嘴里不干不净地咒骂，但是内心深处却有时暗暗吐露真情："那么小小的年纪，想得可真周到。"如今眼下有个阿丰，不免要两相对比，结果事事都使她想起那个决心不再想起的人。且说，川岛寡妇每当发生不如意的事情时，自有春霞幻化的姑娘名叫阿丰，细眉细目，慌忙默默坐下。川岛寡妇恍惚见到阿丰身旁出现了个年轻少妇，面色有点苍白，发丝乌黑，仪态娴雅，正扬起锐利的双目死死盯住她，问道："一向可好？"武男的母亲不禁打起哆嗦。"可，有病，就是不好呀！"她虽然一再辩解，怪的是那思绪依然涌上心头，她很生自己的气。结果，又是大喊大叫，迁怒于阿丰。

且说，在广岛的酒亭，山木与田崎曾当面讲清，将阿丰嫁给武男为后妻，话说得毫不含糊。可是当时，川岛寡妇和阿丰比起过去六个月的日清战争的形势更加紧张，有你没我，危机正处于千钧一发之际。

三、梦中情

1

被枕边不远的小鸟啼声唤醒，武男睁开了眼睛。

他从病床上伸出手去，拉开窗帘，朝阳刚刚别了对面的山峰，灿烂地照在玻璃窗上。山中晨雾犹白，而秋空却已一碧如洗，明亮地映衬着窗前遍染红光的山樱树梢。梢头有两三只小鸟，边细语，边左右登枝。忽而宛如商量过似的，向玻璃窗里窥视，和弓身的武男面面相对。由于鸟儿惊去时的翼下风，一片金黄的樱叶刷地飘落了。

“唤我醒来的清晨使者，原来是它呀！”武男想着，笑着，还要就枕，可是仿佛什么地方疼痛，便微蹙眉峰。不久，总算身子安卧在床上，便合上了眼睛。

清晨静悄，没有任何声响扰耳。鸡鸣了。传来了远方的摇船曲。

武男自从在黄海负伤，委身于这佐世保医院，已经月余了。

当时，在舰船中心炸裂一颗流弹，弹片横飞，击中武男，他被打得坐下，又扑腾一声倒了。剧烈的疼痛使他一时昏迷。疼痛虽重，幸而只是足部两处负伤，并未伤骨，其他人只受了点烧伤而已。班长尸骨不存，同事们阵亡，部下炮手平安无事者甚少。其中只有他一人意外奉命，被送到这座海军医院。起初，的确发过高烧。在病床的呓语中，还以掌为矛，大骂敌舰，对班长喊叫，把医务人员吓了一跳。但他原本是个血气方刚的青年，伤势又不那么重，自从季节迎来秋凉，便逐渐退烧，治疗经过很好，又无化脓之虞，过了一个月的今天，虽然还觉得有几分疼痛，却动辄逃出布满了碳酸水臭味的病室，去到秋日晴朗的院庭，以至受到医官的责备。此后只好一心等待医生的准许，早日回到前线去。

本来将生死置之度外，微于尘芥，却竟意外地苟延时日。伴同着却热减痛、食欲复振、意识清醒、生趣盎然，从而烦恼也便涌来。蝉能脱壳，人却不能摆脱自己。伴同着病体稍愈、心境恢复，他那因战争狂热症而中断了的记忆之丝，不免又自然而然地拉长了。

且说，如同大病最能改变人的体质，而武男仅一纸之隔、险些与死亡相见的体验，竟使他的记忆变得别是一番滋味。海上激战以及前前后后相继发生的异常之事、异常之感，犹如风雨，颠簸和震撼着他的心。风雨虽去，余波却仍在心海，因而浮起的记忆，自然带有异常的风姿。武男并不生母亲的气。他把浪子看成不在人世的妻子而深深思念，在内心的神龛前顶礼膜拜。每当想起浪子，宛如听见远天的悲歌，感到一缕怀念和哀伤。

田崎来问病。武男因此了解母亲的近况，也略略知道些浪子的情形（怕伤武男的心，山木女儿一事未敢吐露）。武男听了浪子的情况，落下泪来。田崎走后，松风凄凄、湘南①别墅中的病妇面影依次进入武男夜夜之梦。

田崎东去后数日，不知来自何方，武男收到了一个邮包。

武男正在思量。

2

武男的心思如下：

那是一周前的事。他抛却读腻了的报纸，躺在病床，边

① 日本相模湾沿海一带的总称，景物秀丽。

打呵欠边向窗外望去。同室的一名士官昨天出院，病室只他一人。时近黄昏，室内微暗，窗外秋雨犹如瀑布飞流。难道邻室开了电炉？嗞嗞的响声不绝如缕，与雨和声，平添了室内的寂寥。武男漫不经心地耳听那声音，眼睛却朝着窗外。疾风暴雨滔滔地敲打窗玻璃，湿淋淋的傍晚庭除忽隐忽现。

武男茫然眺望。忽而从头上扯下毛毯，披在身上。

过了五分钟，听到有进门来的脚步声。

“东西到了……您在休息？”

抬头一看，站在床边的原来是仆人，抱着油纸包，拎着个捆成井字的沉重皮箱。

邮包？田崎回去还没有几天，定是别人寄来了什么。

“啊，邮包啊！从哪儿寄来的？”

仆人念出的发件人，是个从未听过的名字。

“打开我看看吧？”

揭开油纸是报纸，揭开报纸，见有一个紫色的包，打开包，有睡衣、软绸夹衣、白纹的腰带；欺雪洁白的布袜，宽袖汗衫，穿上脱下，都很方便；纯棉的肩垫，分明是盼望久病切莫长褥疮。皮箱里装些什么？解开草绳，其中是他喜欢的大个鸡蛋点心和香蕉，装得满登登的。武男的心猛烈地跳动起来。

“没有书信吗？”

翻来翻去，竟然片纸不见。

“看看那张油纸。”

取来包装纸，见那写着武男名字的墨迹，突然一阵心中惆怅。他认出笔体了。

是她，是她！除非她，还会有谁？那缝刺的衣裳，针针线线，虽然没有痕迹，但是，怎能看不见织进的千行苦泪？又怎能看不见忍痛书写时笔墨的颤抖？

武男等不得人们散去，便嚎啕大哭起来。

心中早已干涸的泉水重又涌起。武男觉得无限的爱汪洋澎湃。他白天想，夜里梦。

然而，人世并不像梦境那么自由。武男一直坚信，二人相爱，死也不变心，何况区区人间的离婚手续！然而，欲使决心变成现实，却又不能不感到，那区区手续和仪式竟在理想与现实之间成为不可逾越的障碍。他想：不论世上如何，浪子永远是我的妻子。然而，母亲以我的名义打发了她，她父亲又代替她许诺，接她回家。在社会面前两个人已经断绝了关系。待痊愈之后一度东归，拜见母亲、趋访浪子，倾吐心曲，再接她回家。可是，从社会的道德体面来说，武男不论怎么欺骗自己，也不能认为这事是可行而又能够办得成的。这事不成，毕竟母子关系难免比从前更加恶化。违抗母命的苦头，他已经尝过了。生在大千世界，却连自己的爱情也被束缚在意料不到的桎梏之中，思量起来，真叫人难耐。但是，武男却不知逃脱之路，竟在莫可奈何的懊丧中送走一个个晨昏。只是想，不论生死，我的妻子就是她，借以自慰，并在心灵中安慰浪子。

今朝醒来，武男的心头所想，便是这些。

军医照例清晨来诊病，对于伤势眼见痊愈表示满意。他走后，收到母亲发自东京的一封信，信中说，田崎归来，稍微宽心。又写道："因有几句话要说，只要医生允许，你且请假回京。"要说的话……？莫非发生了他最忌讳而又恐惧的事？武男在沉思。

武男终于没有回到东京。

十一月初旬，听一名和他同样在黄海负伤的人说：松岛战舰修缮完毕，已回战场。不久，医生准了武男的短假。时值攻克大连湾，经要求搭输送船，他回到停泊在该湾的舰队去了。

从佐世保出发的头一天，武男发出了两封信，其中一封寄给了母亲。

四、浪边泪

1

秋风乍起。避暑游客都已回城，疗养的人也不再逗留。自九月上旬至十一月初旬，选那风和日丽的时刻，有一淑女由五十出头的女仆搀扶，缓缓地踱在逗子海滨。

拉网的渔夫和每天漫步于海滨的病客们，但见她瘦骨嶙峋，连拖在沙滩上的身影也很修长，真是一副可怜模样。人们对她熟了，每逢见面，都点头致意。不知是谁传说，都隐隐约约知道一点她的身世。

这就是浪子。

可怜她红颜薄命，却生命不息，又遇今年的秋风。

前此六月初，几妈带浪子回东京，听人转达了意外的家命，第二天病情眼看着沉重，胸部一紧，吐出鲜红的心血，以至不省人事。医生无语，家人蹙眉，浪子则静待长辞于旦夕，生命只系于一线青丝了。浪子高高兴兴地等待死神来临。死亡是再好不过。没有时间想什么，突然陷身于漆黑的深井之中，那将是何等的快乐！哪里还有生趣留恋人间！恨谁？爱谁？连形成这些念头的时间都没有，只盼阴森可怕的黑雾缠绕全身，尽快摆脱当前的环境。老实说，死，正是一条活路。浪子焦急地等待着死亡。身在病床受苦，心却飞向尘寰之外。也许今天，也许明日，只要缚身的绳索一断，便魂飞万里九天，俯视可叹的人间，扑在怀念的母亲膝下，尽情痛哭，尽情倾诉。如此想来，等待，正是辞别人间的使者。

可怜她就连求死也难能如愿。日日盼望，不知虚度了多少个晨昏。过了一个月，事与愿违，病情竟时好时坏；过了两个月，病苦更加轻微。捐弃的生命又被收回人间，浪子又成了个为薄命而流泪的人。她真的歧路彷徨了。难道她是个并非不知生之可爱、死之可惧的人？为什么求医？为什么服药？为什么想让并不珍惜的生命久活？

然而，她有父爱。中将朝夕到病榻旁去看望她，亲自给她端药，并亲自指挥建了个独房，好让她静心疗养，千方百计要养好病才行。每当听到父亲的脚步声，见到父亲为她病情好转而欣喜的慈颜，浪子便消除了恨怨，不知不觉眼泪滴在腮边，再也不忍心胡乱地求死。为了父亲，要认真养病才是。还有一宗，浪子不能疑心自己的丈夫。海枯山崩，她也坚信丈夫对她的爱。她了解，这次离婚并非出于丈夫的心愿。病情稍微好转，渺茫听到了一些武男的消息，更加证实了这一点，这使她稍感欣慰。她本来不知道今后将是何等归宿。好吧，就算病体康复，一旦斩断之弦，便无再续之时。这，她不是没有想过。但是，二人依然是暗暗地灵犀相通。此情此爱，不论多少人也休想破坏！她在内心里诉说，暗暗地略以自慰。

且说，父爱和渺茫的希望，与医生的悉心调治相辅相成，行将熄灭的生命之灯，又亮了起来。自九月上旬，浪子伴同几妈和护士，重返逗子别墅养病去了。

2

浪子自从来到逗子，病体稍安，四周清静，心也宁静了些。一个海浪声歇的午后，她将沐浴后的身子安放在椅子上，听着清脆的鸟声，有些心荡神驰。她恍如那一个春天身在此地时的心境，焦急地等待丈夫能够立刻从横须贺来访。

别墅生活与从前的四五个月无异。有几妈与护士作陪，每天的日课是准时服药和运动、量体温，坚守规定的养生法，此外便索性散心，或吟诗，或培植秋草，如此度日。每周两次，医生自东京来问病；每月两三次，或姨母，或表妹千鹤子赶来，继母偶尔也前来探望。那两个幼小的弟妹，十分挂念病中的姐姐，屡次恳求母亲允许他们前去探望，但是，母亲忌讳这种病，并且觉得这两个孩子与浪子亲近，令人扫兴，遂训斥一通便罢。也许由于知道她的最近处境，往日许多同学也曾来信问讯，但多半是词藻华丽，而足以慰藉胸怀者倒也寥寥，浪子并不怎么拜读。只有千鹤子的来信，叫她等得焦急。她想知道的消息多是由千鹤子传来的。

自从离婚以来，记忆中的川岛家已经逐渐淡薄。西方数百里外一个人影朝夕伴在心灵，对于武男的母亲却已经不再想起。不是不想，而是尽力不去想她。每当心中忽地忆起婆母，心中便充满了痛苦，不禁怒火中烧。以致神经失常和紊乱。浪子便驱之逐之，把心儿引向别处。当她闻说山木的女儿跨进川岛家门时，的确心乱如麻。但她料到这不会是心上人早有所知，于是，硬是扭转了思绪。她身在湘南病榻，心儿却一直飞向西方。

今生今世最亲爱的两个人，眼下不是都已投入征清之战了吗？父亲片冈中将，在她来到逗子之后不久，便跟随在大元帅麾下赴广岛，再去辽东。浪子本想索性送到新桥，然而父亲制止，写信劝她多多保重，待凯旋之日，身体康复，再前去迎接。武男从那以后，立刻奔赴战场，据说这时正在联合舰队的旗舰。秋风秋雨。他是否玉体无恙，完成战斗职守？不知景况如何。她的心日日夜夜飞向陆地和海洋。可以说已是于世无益之身，却也激动地读报，无日不祈祷皇军连捷，乃父平安，武男武运长久。

到了九月末，传来了黄海捷报。又过了些天，浪子在伤员名单中发现了武男的名字。她彻夜未眠，幸有东京的姨母体谅。不知何时得知，武男伤情并不怎么严重，现就医于佐世保医院。这虽然慰藉了浪子的生死之忧。但是，尽管怎么思念他，想为他多做些事，而按如今的身份，一切都不能从愿，不禁怨恨填胸。刚刚被废除了夫妻关系，虽然心有灵犀相通，却一个在西海负伤，一个在东土卧病，按现在的身份，不仅不能前去问个究竟，难道不明明是连一纸短笺慰问，也难能遂愿吗？如此想来，毫无办法，心中十分郁闷。但是，仍然由于难舍难分，才想起了个主意，在病情好转时由几妈陪伴，为心上人缝衣，又凑全了武男心爱之物，借以表达相思心碎于万一。于是，她隐姓埋名，万里迢迢，将物品寄到佐世保。

一周又一周，到了十一月中旬，经佐世保盖过章的一封书信落在浪子手中。浪子紧紧地握着这封信，哭了。

3

周六傍晚，搭伴来探病的千鹤子和浪子的妹妹驹子，今晨归去了。顿然热闹的家里又恢复了平日的冷清，总是阴天的屋门里，只浪子一人在床，面对先妣的遗影端坐。

今天，十一月十九日，是先妣的忌日。不需提防什么人，浪子从小匣里拿出母亲生前的照片放在床上，用千鹤子拿来的有些零乱的白菊作为供花，下午又摆上了茶点等，听几妈讲往日的故事。而这时，几妈和护士都已告辞，只有浪子独自留在遗影之前。

别母十余载，浪子无一日不缅怀母亲，而此时此刻，思念尤甚，令她难耐。她事事都想起母亲。敬爱的父亲如今远在辽东，虽然继母居于东京，但是还像从前一样，中间隔着一堵墙，常有一些刺耳的话传来。亡母啊！假如母亲能够安然长寿，这苦，便有处诉说；这悲，也有处倾吐；这纤弱身体负不胜负的重荷，也会稍微减轻。可母亲为什么抛下我去了？想到这里，她立刻泪雨纷纷，遗影宛如隔着一层云雾，模糊不清了。

屈指算来，已十阅星霜，但是恍如昨日。那是母亲逝世的那年春天。她才八岁，妹妹五岁（当时说话还不大清楚，现在却长得那么大）穿着织有樱花花样的淡红色衣裳，姊妹二人肩并肩。父亲夸了一句："好漂亮呀！"姊妹俩都乐了。她居右、小妹居左、母亲居中，赶起马车，吱吱嘎嘎地响，由住在九段的铃木给拍了照，其中的一张，不就是挂在这儿的这幅照片吗？思量起来，十载如梦；母亲已经化为遗影，而我……

"不要再想自己的身世！"虽然下了决心，但是，在如今这百无聊赖的境遇中，往事偏偏又栩栩如生地浮现在眼前。越想越觉得没有任何快乐，没有任何希望，身边包围着万重乌云。这个十六平方米的房间，顿时变成了不见天日的死牢。

忽然钟敲两点，声音响彻室内。浪子被惊醒，犹如逃跑，进了另一个房间。这儿静悄无人，深处有几妈和护士的语声。浪子不由得侧耳倾听，又走出这个房间，来到院庭，推开竹门，走向海滨。

天阴了。序属清秋，却乱云飞渡；大海隐没在一片昏暗之中。长天十分静悄，丝风不起，微波不兴，极目远眺，海上不见一叶帆影。

浪子渐渐向海滨走去。今天一无拉网渔夫，二无练身游客，只有一个十几岁的女孩，背着婴儿，唱着歌拾贝壳。她一见浪子，微笑着低头施礼。浪子惨然一笑，又想得出神，低头走路。

浪子忽然驻步，因为海滨已是尽头，巉岩迎面而起。巉岩上有一条路，登上这条路上，有瀑布旁的不动明王祠，这是今春武男携浪子曾经游过的地方。

浪子就选了这条路前进。

4

走到明王祠的脚下，浪子拂石落坐。今春和丈夫并肩而坐的，正是这块岩石。那时，春阳丽丽，淡绿色天空毫无云影，大海比明镜更亮；而今天，秋色阴阴，空中堆满了奇形怪状的乌云，海水涨满了浪子座下的岩石，直到远方，不见一只帆影划破那黑黝黝的海面。

浪子从怀里掏出一封信，信上只写了两三行，笔迹粗野，却胜于万千话语，使浪子无限思念。“无一旦不想浪妹。”浪子每读这一句，抚今追昔，心潮澎湃，顿觉相思入骨。

人世何其不公啊！浪子心想：我时刻思念着丈夫，不待病故，也该想死我了。丈夫也是那么思念着我，为什么绝我夫妻之缘啊！丈夫的心比鲜血还红，不就倾注在书信之中吗？那时，也是这样的阳春，也是这块岩石，二人并肩，发出誓言：千秋万世，永远相爱。大海应知岩石也该铭记。为什么世人竟肆意妄为，摧折了我俩的如此深情？心爱的人啊！思念的人啊！今年春天，这块岩石上……

浪子睁眼一看，依然独自一人坐在岩石上，只有大海默默地奔腾，隐隐约约听得见背后的瀑布声。她捂住脸，抽泣起来。泪水穿过纤弱手指间的隙缝，点点洒在岩石上。

心乱了，头迷了，情思如梭，纵横飞驰，将往事织得真真切切。浪子想起今春，丈夫扶着她来到这块岩石前，想起发病，想起去伊香保，想起新婚之夜，姨母带她回东京，很久以前母亲和她诀别，母亲的脸、父亲的慈容，继母、妹妹等各式各样的脸，如同闪电从她的心头和眼前掠过。她又想起昨天听千鹤子所说的一名昔日知友。她比浪子大两岁，比浪子早一年嫁给了豪门贵族中号称才子而出国归来的某伯爵，已经一年了。公婆都很喜欢，丈夫却嫌弃她；有了一个娇儿，而丈夫却在家里迎妾，在外一心寻花问柳，今年春天已经离婚，听说不久前终于病故了。她因丈夫抛弃而死亡，我却为被拆散了恩爱夫妻而哭泣。想这人世上的种种灾难，不是悲痛，就是辛酸，她望着逐渐黑下来的海面叹息不已。

越思量，越是乱了方寸。浪子觉得这个世界太狭窄，几乎没有容身之地。此身虽然生在富裕之家，却八岁辞别想念的母亲，在继母膝下俯首低眉地度过了十个春秋；总算订下了白首之盟，父亲心安，自己也欣喜。然而，没有多久，婆母嫌弃。本来为了丈夫，赴汤蹈火，在所不辞。但是，万万想不到，身患重病，而且并不盼望病情稍愈。莫如宣判死刑倒也慈悲，却活生生地拆散了心心相印的夫君，终于成了不准夫妻相称的人。假如注定这么不幸，为什么来到人间？为什么不和生母一同离开尘世？为什么要嫁给武男？为什么当发病时不在丈夫的怀里死去呀！为什么听到可怕的宣判时没有当场绝命啊！身患不治之症，心里却思念着不能奉陪的亲人。为什么我这么久苟活于人世啊！就算我的病痊愈，不能和武男朝夕与共，我也会想死的呀……

死吧！活在世上还有什么乐趣？

滔滔泪下，并不拂拭，只是盯着海面出神。

伊豆大岛那方，滚滚乌云如墨，但见它突然腾飞，这时，一种不可言喻的悲壮之声从远天飞落，顿时揉皱了海面。吹来一阵风。刚刚觉得那风掠过双鬓，黑黝黝的大海中竟涌起一堆雪，只见它宛如奔马袭来，似乎要将浪子身下的岩石拍个粉碎。那茫茫大海，顷刻间变得千波万浪，犹如鼎沸。

水沫如雨倾来，浪子并不躲避，凝神望着大海。海水之下，就是冥府。说不定死亡才会自由。与其抱病苦度日月，何不化为英灵，陪伴丈夫。丈夫如今正在黄海，虽然相去甚远，但是与这儿的海水波波相连。那么，且将此身化为水珠，让灵魂飞到丈夫的身边吧！

将武男的书信牢牢地揣在怀里，掠了一把被风吹乱了的云鬓，她站起身来。

风萧萧，从无垠的九天降落。浪子很费力气才站了起来。翘首望去，青云相逐，奔于天庭。大海极目所视，一片白浪与飞沫，恰如鼎沸。但见港湾边的樱山在惨叫，摇撼得松枝宛如马鬃颤动。风在吼，海在啸，山也呼号，浩浩哀声，盈于霄汉。

此刻，此刻，啊，正是绝命之时。领我去吧，母亲！宽恕我吧，父亲！十九年的梦，今天终于……

她整理好衣领，脱掉了鞋，向扑打岩石而溅起的白浪纵身跃去。

这时，身后有人喊叫，浪子被猛然抱住。

五、传教女

1

“几妈！沏好茶吧！那位老妇该来了。”浪子说着，缓缓地回顾几妈。几妈边收拾，边说：

“她可真是个好人哪！那么好的人也信耶稣？”

“啊，她是说信耶稣！”

“真想不到她会是个耶稣教徒。而且，把头发剃成了那样。”

“为什么？”

“唉，告诉你吧！信耶稣的人，即使丈夫去世也不削发，越发地梳洗打扮，立刻就重新找主哟！”

“嘿嘿嘿……几妈是听谁说的呀？”

“不，这是真事儿呀！本来嘛，按他们的宗旨，连小姑娘都神气十足哪！真的呀。我亲戚家的邻居就有那么一个小姑娘。她原来很老实，唉，一进了那种宗旨的学校，就完全变了样。到了星期天，你猜呀，妈妈说：‘今天活忙，你在家帮一把吧！小姑娘权当耳旁风，到寺院去啦。还噘嘴说什么：学校干净，家里脏，妈妈顽固……再说，虽然上学读书，你猜呀，连一张收条都不会写。叫她做针线，她就整天只顾摆弄一件汗衫袖子；叫她做家常菜炖萝卜，唉，她把萝卜放在菜板上，拿着菜刀一动不动地出神。老人也后悔，早知道这样，就不会送孩子到这种学校去念书。再说，唉，还说什么：'挣二百元以下的人她不嫁。'真是，这还不把人吓傻啦？本来是个温柔的小姑娘，为什么变得那样？这就是天主教的妖法吧？"

"嘿嘿……真要那样，可糟。不过，不管怎么说，有长处，也有短处，不详细了解是不能开口的。是吧，几妈？"

几妈一歪脖，似乎说："咱可不懂！"又深情地望着浪子说：

"告诉你，浪子，惟独耶稣教，可别信呀！"

浪子微笑说：

"你是说不许和那位耶稣教信女说话吗？"

"耶稣教徒若都像她那样，敢情好。不过……"几妈立刻住口。真是说耶稣，耶稣就到。一个身影清清楚楚映在西侧的格子门上。

"我从院门来的，打扰您。"

响起轻柔温存的女人语声，几妈慌忙起立开门，门外站着一位五十开外的矮身材的老妇，长相比年龄更老，苍苍银丝，剪成短发，披了一件黑布罩衫，十分消瘦，乍一见，令人觉得有点愁眉不展，但是，眼里有温暖的光辉，玲珑的唇边浮起自然的微笑。

几妈仿佛背地议论的正是此人，还没有谈完。就是她，一周前在明王祠畔，将险些葬身鱼腹的浪子抱住。

正是：世上有些无名者流，除非击鼓吹号，大肆宣扬，就连姓氏也无人知晓。但是，有些人声名在外，即使谦逊，也自会感到他全身闪耀着光辉，令人久久难忘。老妇姓小川，名清子，在目黑区和许多孤儿住在一起。她做这个大家庭的母亲，将被遗弃在路边的许多幼小灵魂拾来抚养，引以为乐。只因患了肋膜炎，为休养病弱之身，自上月末来到此地。那一日赶巧去不动明王祠，不料救了浪子，交给了为苦苦寻找主人而仓皇奔来的几妈。于是，交往之路，自然敞开了。

2

几妈端茶来，正要退下，微微一怔：

“怎么，明天就回东京？唉，好不容易刚刚熟了……”

老妇以温存的目光包围着浪子。

“我也想再逗留几天，和你们谈心，身体恢复好再走，可是……”说着，她从怀里掏出一个小本。

“这是《圣经》，恐怕您还不曾读过。”

浪子确未读过此书。她继母在英国留学期间，因是耶稣信徒，倒是读过，回国时却将其信仰、圣书和旧鞋、废纸一并扔在伦敦的客舍，独自归来。

“是的，未曾读过。”

几妈不敢立即退下，圆睁大眼，盯着老妇手里的书本，一定是认为妖法就在其中。

“从今以后，这样吧！如果心情好些时读读看，我想，一定会有益处的，假如我再逗留几日，可以和你多多探讨。可是，今天告别的时候，就想对您介绍一下我读这本书的始末。您不觉得累吗？如有不适，就请不客气地休息！”

浪子正侧耳倾听，抬起头来说：

“不，一点也不累，请讲！”

几妈换过茶，又退下了。

小阳春的午后比深夜还静。海浪声息，格子门上映出的松影纹丝不动，只听远远传来小鸟的清脆啼声。透过东侧玻璃门，遥望秋高气爽。红叶似锦的樱山，在午后的阳光下分外娇娆。老妇缓缓啜茶，低下头平整一下膝上的罩衣，又抬头盯着浪子，文静地开口了。

“人生似乎漫长，却又短暂；似乎短暂，却又漫长啊！

“我父亲当过旗本①，是个显赫之家。最终却落在他人之手。您也许知道，过了小石川水渠大桥，再走几步，有一处长了一片朴树，我就出生在那里的一所宅子。十二岁丧母，父亲非常懊丧，没有续弦。我还是个孩子，要操持各种家务。后来弟弟成亲，我嫁给了比我们品级高些的小川旗本之家。那年我二十一岁，您还远远没有问世呢。

“我也受过女子大学的教育，论耐性本来不甘亚于他人。可是，实际上身临其境一看，真是痛感有无数烦恼。赶上那种时局，我丈夫很少在家。家里除了公婆，还有丈夫的姊妹二人（后来都已出嫁）。唉，他家五口，我很担心互不了解。

---

① 日本江户时期武士官名之一，食禄不满万石。

公公倒没什么，可是婆母却很难侍候。坦率地说，在我之前就娶过一个媳妇，可是，听说不到半年就逃回娘家了。对于死去的人说这些，也许不大礼貌，不过，她暴躁、固执、嘴尖舌利，唉，俗语说：‘先敲后背，再掐脖子。’她正是这号人。我本想万般忍耐，但也常常忍受不住，在屏风后面流泪。被看出眼睛红了，就要挨训；训过又哭，常常想起死去的妈妈。

“这当儿，刮起了维新风，江户城①简直像在热锅里。我丈夫、父亲、弟弟都是‘彰义队’②里的人，驻在上野③。而且公公大病，我那时叫妊娠吧，真是着急上火得不得了呀！

“后来，上野失守，我丈夫从宇都宫④逐渐到了函馆⑤，父亲不知下落，弟弟在上野阵亡，全家杳无音讯，公公也终

---

① 江户城：东京的旧名。

② 彰义队：一八六八年二月，反抗明治政府的一伙军人，后被官军击灭。

③ 上野：东京都台东区地名，有宽永寺，为“彰义队”驻扎地。

④ 宇都宫：枥木县的一个市，古城主的要塞。

⑤ 函馆：位于北海道渡岛半岛南端的港口市。

于病故，这期间我临产，一切如梦。并且失去了俸禄，家产被抄，我只带年迈的婆母和一名老仆，抱着新生的婴儿，越过箱根①，落在静冈②，简直像一场噩梦。”

这时，护士进屋，边致意，边劝浪子服药，然后退去。老妇不时地闭目冥思，却又睁开眼睛，继续倾吐。

“在静冈，幕僚们的辛酸，几乎没法提了。将军家也是如此。连凯旋将军也只得闷居在背胡同里的斗室。这时节，像我们五千石之家，享三人俸禄，本已受之有愧。但是，说来惭愧，那时候，连一块豆腐都买不起。而且，婆婆大手大脚惯了，可真愁死人啦。我把街道上的女人找到一起，教她们习字，学裁缝，夜里很晚，做点事挣钱。这也没什么。可是，婆母越来火气越大，时局的恶果都要我来负，这副担子可不轻啊！丈夫不在家（去函馆后一时入狱），父亲又下落不明。‘这种日子不如索性死掉！’这念头一日不知几度泛起，不知翻来覆去地想过多少遍。真的，那时候，衰老得一年胜过十年。

① 位于神奈川东南部的芦湖东南岸，是古老名城。

② 日本中部太平洋岸边的一个县。

“一来二去，丈夫也被陆军聘用，又跨过箱根，迁回东京。是啊，那是明治五年的春天。第二年，丈夫被派到海外。似乎日常没有什么忧心事，可是，婆母的情绪丝毫未改。这倒也没什么，可叫人挂心的父亲始终下落不明。

“丈夫出国的那年秋，那一天雨下得很大，我到知友小石川家去，租了一辆车回家。天黑了，风狂雨暴，我在车篷里缩成一团。车夫吧嗒吧嗒地拉车。他戴着圆顶草帽，身穿桐油纸的雨衣。雨点哗哗地从雨衣往下滚，灯笼的火光微微地在路上晃动，车夫不时地咳呀咳呀叹着气拉车跑。正好踏上水渠大桥时，灯笼忽地灭了。车夫放下车把说：‘太太，麻烦您，板凳下有荷兰火柴。’只因风太大，话语听不大清，可是总觉得语声有点怪。我取出火柴，在落脚的地方擦燃。趁这火光一看那车夫，唉，那不是爸爸吗？”

老妇下意识地捂住脸，浪子泪汪汪地哭了起来，隔壁也传来了啜泣声。

3

老妇拭罢泪，继续说道：

“同在东京，怎么竟然不知道呢。我和爸爸一同到附近的荞面馆，打听了景况。据说，爸爸沦落到上野之后，四处流浪；做过习字先生，闹过病，如今落在从前的仆人之家，那人在驹込区一个角落开了个小小的花铺，爸爸就这样每日地拉车。高兴、悲伤、羞愧，一齐涌上心头，话也说不出来。那天晚上，父亲谆谆告诫后便分别了。

“夜已很深。回去一看，婆母一副久等的样子，大发雷霆，阴沉着脸，这不是太冷酷了吗？她说得好像我做了什么不该做的事情。我放心大胆地公开讲了父亲的事。可她哪怕有半点同情也好，竟以为是难听的什么丑闻……太叫人委屈，太冷酷，这一次我怎么也受不住，再也不想在这个家，恨不得立刻到爸爸的身边去。婆母入睡之后，我悄悄地穿上衣服，在小儿子睡觉的枕边写起遗书。小儿也许是在做梦，睡着睡着，伸出右手说：‘妈妈，我不叫你走！’那一天，我去小石川时把他留在家，也许做了这样的梦。我吃惊地望着他的睡脸儿，简直像从丈夫的脸上描下来的。笔落了，我哭了起来。不知是怎么想起的，小时候从妈妈的枕边低语里听过些婆媳间的故事，那些故事忽地浮上心头。我改变了主意：啊，只要我一个人忍着点儿，一切都会平安无事的。你看，无聊吧？”

凝神倾听的浪子已经答不出话来，只抬起了泪眼。老妇啜了一口几妈新泡的茶，又接着话头说：

“以后，反正是给婆婆赔了情。因为，没有那么一笔接来爸爸的赡养费。我便把手头绝密的体己物（不太多）卖掉。可这也维持不了多久，便托丈夫的一位好友斡旋。听说一个外国公使夫人好胜，要学日本琴，我便对婆母左说右劝，每月去教几次琴，唉，总算使爸爸轻松了些。在教琴的过程中，我和那位夫人处出了感情。她是个罕见的善良的人。她时常操着半通不通的日语和我天南海北地闲聊。‘请您读读吧！’她给了我一本书。那是一本当时最早译成日文的《马太传》，是第一本介绍过来的圣经。我大致浏览了一下，觉得写的净是些奇谈怪论，就扔下不看了。

“后来，第二年春，婆母突然中风。本来是个刚愎的人，忽然变成了个孩子，非常害怕孤独，喊道：‘阿清，阿清！’我坐在她身旁，边赶苍蝇边看她酣睡的面孔，心想：可真的，人已经这样，哪怕一次，我怎么能怀恨在心呢？如果可能，让她再有一次健康吧！可是，我尽一切努力，也是医药罔效。

“婆婆去世后不久，丈夫回国了。临到收留爸爸的时候，也许由于放下心来的缘故，爸爸突然病倒，不出两三天，他竟真真地长眠了。他说：‘本以为终生不能再会的女儿重逢了，又温存地照料了我，再也没有比我更有善报的了。’然而我连愿望的十分之一也没有做到。至今，每当回忆起爸爸，还无时无刻不在想起，让他复活吧！我会尽一切力量使他欢快的。

“后来，丈夫逐渐出息了，儿子也长大，我已经很快活。只有一宗叫我担心，那就是丈夫狂饮的毛病（军人多半如此）。还有，如今也不例外，可当时情况更特殊，就是男子行为不轨。像我丈夫这些人到过欧洲，有那种事还算有点说得过去，可也是丢脸的事呀！我十分操心呢。我拐弯抹角地对他提出意见，唉，他却嬉皮笑脸地不理睬。

“不知不觉打起了十年战争。我丈夫（已经是近卫军大校）也参加了。接着儿子患猩红热，啊，要日夜服侍左右。那是四月十八日的夜里，儿子病体稍愈，睡了。我叫女仆们也都睡去，在儿子枕旁就着灯光做一点针线，后来昏昏沉沉，神志不清。只觉忽地进来一个人，坐在儿子的枕边。是谁呢？我一看，唉，是我丈夫。还穿着军装，血迹斑斑，面色苍白，我不由得被脚步声惊醒，四周一瞧，一个人也没有。只有油灯忽闪闪地亮着，儿子睡得正熟。我浑身大汗，心里怦怦地跳……

“第二天，儿子的病突然恶化，终于当天晚上咽了气。我像在梦中，抱起儿子的尸体。这当儿来到的，竟是丈夫阵亡的电报。”

言者闭口，闻者屏息，室内悄然如冰。

稍过片刻，老妇重又言道：

“后来一切都像是梦。说是日月都顷刻间陨落？怎么说才好呢？那可真是眼前漆黑。忍哪，忍哪，结局竟是这样。莫如这病别好（接着我就卧床不起）。但是，幸运还是不幸，我的病逐渐好了。

“病好了，但是对于我来说，世界已经变得十分空虚，只是喘口气罢了。后来，经知友劝说，总而言之，家里关门，暂时到朋友家去了。病后之身，摇摇晃晃地捆些家具之类，不知什么工夫，一打开衣橱，从死去那个儿子的大褂后掉下一本书来。展眼一看，正是头几年外国公使夫人给我的那本《圣经》。我漫不经心地一看，觉得有些字句是那么神奇地震动我的心（我在书上画了记号）。从此，搬到朋友家之后也时常读。读来读去，觉得仿佛是山上迷路的人听到了什么地方有鸡鸣声；又像漆黑的夜晚从什么地方透进了几丝光明。送给我书的那位公使夫人早已回国，不在啦。可是我很想听谁讲讲。赶巧朋友介绍我到当时刚成立的女子学校去当舍监。一看，那里是耶稣教学校。教师当中有一对年轻夫妇，都是热心肠的人，这对夫妇就成了我的引路人。他们领我入门，走上这条道路，至今已经十六年了。如同拐杖，老实说，这本书天天不离我的身边。自从相信灵魂不死这个说法，从前认为一死便了的人间变得宽阔了；自从知道有天父，死了生父，仿佛又得到了更伟大的父亲；自从知道爱的功效，觉得死了儿子，却有更多的儿子；自从知道人是有希望的，忍耐之中也有快乐……

“我读这本书的始末，大致就是这样。”

说到这里，老妇深情地注视着浪子。

“老实说，您的遭遇我也略略知道些。那时候，常常在海滨相遇，多次想前来拜访，可是，刚刚处得知心，又要告别，这真是太遗憾啦。不过，可否这么说呢？我绝不把您当成萍水相逢的人。请您保重身体，一定要沉住气。嗯？绝不要性急。心情好些时请看看这本书，我虽然回东京，可朝夕都挂牵着这里哟！”

老妇翌日便去东京了。但她赠送的书却常在浪子的身边。

浪子一想到世上竟然有人经历那么多的不幸，还安慰他人，真诚无比，一想到虽然不是母亲、姨娘，可是在这茫茫人世，还有人在思念她，心里稍感欣慰。她时常忆起老妇的经历，这时，便翻阅老妇盛情赠送的那本书。

六、战地书

1

第二军于十一月二十二日攻陷旅顺口。

“妈妈呀，妈妈！”

千鹤子拿着报纸，慌张地喊叫母亲。

“什么事？小声些说嘛。”被水色眼镜里的双眸瞪了一眼，千鹤子忽地面呈红晕，嘿嘿地笑着，又提起话来：

“妈妈，死啦，那个千千岩。”

“咦？千千岩？怎么？阵亡？”

“名字登在阵亡将士名单里。真棒！”

“还说那些没礼貌的话。是吗？千千岩阵亡？死得光荣，是吧？小千鹤！”

“活该！那种人活着只有害处。”

加藤夫人默默地沉思了片刻。

“死也没有一个人哭，这人活得真没趣儿呀，小千鹤。”

“不过，川岛大娘会哭的吧？川岛家呀，妈妈，听说阿丰终于逃跑啦。”

“是吗？”

“听说昨天，老寡妇又为什么事吵闹，丰子说：‘再也不在这个家啦！’哭哭啼啼地回家了。哈哈……真想看看她这时候的小模样。”

“不论谁去，那个人家也受不住啊！是吧？小千鹤。”

母女俩你看看我，我看看你，语声中断了。

千千岩死了。在千鹤子母女二人进行上述问答后二十几天，一块遗骨和一封书信寄到了川岛的寞寞之家。骨头是千千岩的，书信却是武男的，且摘录几节如下：

（前文略）

攻克旅顺的第三天，一切船只和船坞归舰队接管，将校以下数名军官登陆，儿也随行。激战后的景象，其惨状罄纸难书（略）。我从临时野战医院门口路过，忽见一副担架抬着个人。此人盖着蓝色毛毯，脸上蒙着一块白布，从白布下看去，总觉得嘴角和下颏像一个人。我一问，说是千千岩中尉。当时我大吃一惊，可想而已。（略）我揭去蒙头布，只见他面色如蜡，闭紧了嘴。伤位在下腹部一处，其他两处，都是进攻椅子山炮台时负伤，今朝才省人事，但又绝命了。（略）另，从同事们口里得知，千千岩虽是军中的‘万人烦’，但是战斗时刻却能很好地配合。攻打金州时，他和部下首先攻进南门；此次战斗也大卖力气，的确。他素日有许多阴私，实与军官的地位不称，战时也积蓄了非分的黄金。军司令官曾一度在貔子窝严令告诫，他依然借口军用，对土民万般苛刻，正要处分他。（略）总之，阵亡是他的意外幸运。

正如母亲大人所知，他确有不轨之嫌。虽然为了他，的确够麻烦的，私人关系早已绝交，但对他的尸体并无怨恨，回想起从前亲如手足，一同长大，儿不由得落下泪来。因此，经准火化，送回遗骨，尚望妥加安葬。

（下略）

武男在旅顺的遭遇不只这些，还有一事，故意漏掉了。

2

武男在书信中漏掉的事实如下：

遇见千千岩尸体的那天，武男独自迟归码头。天已黑了。

辕门前步哨的枪刀晃动，将校的马蹄声响，上士在训斥下士，清民伫立，一张张呆呆的脸；军属纵横，川流不息。

我从人群中挤了过去，只见五六名军人在烤火。

“太冷啦！若是在家，正该就着葱鱼火锅，喝它一盅！老吉，你他妈又穿上了漂亮衣服啦！”

那一定是老吉这名随军民伕的掠夺品，他穿的是漂亮的紫缎棉坎肩。

“你瞧源兄呀！穿的狐狸皮袄，值四百元哪！”

“老源哪，这家伙运气太好！赌博他赢钱，游游逛逛的还受表扬，枪子儿也躲着他。真是个好命的家伙！像我，在大连湾彻底失败，买这件外褂，说什么少算，这一件十文钱哪！畜生！不抢点，可真抗不住啊！”

“行抢也可，不过，要留神。刚才我大大咧咧地闯进一家，他们以为我是来杀人的哪，突然从桶后跳出一名拔剑的清兵。我想，这下子可小命玩完啦。赶巧我军来到，那个清兵见阎王去啦。可把我吓掉魂儿啰！”

攻克旅顺没有几天，不错，搜出藏在民户而且抵抗的清兵，杀害的人数也不少。

武男顺便听到这些话，心里稍萌不快之感，渐渐接近了码头。这一带人迹罕见，灯火稀疏，一侧，连盖起的兵工厂大楼，将黑影印在地上，另一侧虽有路灯，也只是投下清夜淡月的微光而已。一条瘦狗挠着地面走了过去。

武男沿着楼影走，月光投在约四百米的前方行路的两个人。看背影，肯定是我军军官，一名魁梧，一名瘦弱，看样子是并肩讲什么故事。其中一人，武男总觉得眼熟。

突然，武男只见在他与那二人之间还有一人在楼影中潜踪而进。武男的心跳得异常。虽然在屋影遮盖下看不大清楚，但是那影中影一步一停，两步一看，分明是跟踪二人，越来越近。忽然房屋中断，武男借着路灯投下的光亮认出，那是一名清兵，并且认出他手中有物，闪闪发光。武男心里激动，悄悄地加快了脚步，跟踪前进。

当走在前面的二人将要抵达街头时，暗中潜行的人猛然跳出屋影，追赶二人。武男慌忙跑去。清兵已经距二人只有十多米，抬起右手，短枪响了，细高个子立刻倒下。清兵又要对惊恐的另一人再放一枪。当他勾火时，武男从暗雾中窜上去，举拳便打清兵的右腕，几乎打断。短枪落地。那人又惊又怒地扑了过来。武男将他击倒在地，厮打起来。我军士兵听到枪声，纷纷赶来。武男将那个招架不住的清兵踢倒在地，捆绑起来。霎那间的搏斗，使武男大汗淋漓。他从纷乱的人群中走出时，那个高大的人将被打倒的同行人扶起，向武男走来。

此刻，路灯刚好将片冈中将的面容照亮。武男不由得叫了一声：

“啊？是您？”

“噢，是你？”

片冈中将与副官不知去了何处。归来时竟被其志可嘉的清兵盯上了。

副官伤势很重，而中将却丝毫未伤，武男不料救了岳父一命。

这消息不知什么工夫长了翅膀，当传到浪子耳边时，几妈无限欣喜地说：

“请看！再怎么说，还是姻缘未断啊！您就精心疗养吧！嗯？精心疗养吧？”

浪子凄然一笑。

七、空悲切

1

战火中岁暮年初，已是明治二十八载。

一至二月攻克威海卫，北洋水师全军覆没。三月，南部的澎湖列岛我军在握，北方则我军挺进如潮，辽河以东不见一骑之敌。接着，议和使者至；四月中旬缔结和约，消息传遍天下。由于三国干涉，掀起归还辽东之说。五月末，天皇大元帅凯旋东京，战事宛如大鹏敛翼，倏乎停止。

武男在旅顺，收了千千岩的遗骨，救了片冈中将的危难之后，又参加了进攻威海卫，并参与辽南澎湖列岛的占领事宜。六月初旬，他趁舰船暂且凯旋横须贺之便，阔别后归京，跨进了久未重登的家门。

回想起来，自从去年六月拂袖辞母，已经过了一年，曾几度闯过生死关头。昔日的不快已消踪敛迹，一丝不存。在佐世保医院的阴雨之日，在威海卫港外冰封之夜，不知多少次，心儿飞向了思念的家。

一年后归来，但见家中毫无变化，只有闻车声而出迎的女仆，已经是新换的陌生面孔了。母亲仍然那么胖，说是关节炎犯病，躺了一整天。田崎照例天天都来，坐在十二平米的房间，照例执事，照例按点回家。刻板式的日常工作，所见所闻，都和客岁一模一样。武男的心情是又遂愿，又失望。分别一年，重见母亲，然后跨进久违的浴池，安然坐在高高的坐垫上。吃罢喜欢的馔肴，将疲乏的头倒在吊床的黑天鹅绒的荞麦枕上，而且没有梦，直到枕旁时钟敲过两点，眼睛还是睁着，感到心里有一股浓浓的痛楚。

一年的岁月，补好了母子间的破绽，至少像是缝补已毕。母亲的确是高高兴兴地迎接她的独生子。武男也觉得拜见高堂，卸掉了一身重荷。然而，不论母亲还是武男，都感到从见面时起，二人之间已经不能没有隔阂。关于浪子，一个不问，一个不谈。武男之所以不问，并非因为他不想问；母亲不谈，也并非因为她不了解武男很想知道，只因为双方都尽力回避这个危险的问题，彼此才心照不宣。每当对面交谈话语中断时，自然感到坐得并不安宁。

佐世保的赠礼，旅顺口的那件事……纵使没有这些，也不曾一刻忘怀。回到今昔住过的这个家，不论看见什么，都想起浪子的面容，武男的心异常纷乱。她现在在哪儿？可知道我已经归来？千里相思也是近，而离婚后，虽然相距只有一里的片冈家，也比相思之日更远。浪子离姨母家很近，喊一声就会答应。可是，有什么脸面去问音信，回想去年五月去舰队演习时，曾到逗子去辞行，哪知道这一天竟成了终生诀别。那时，她送武男出别墅的大门时喊道："早点回来呀！"这声音至今留在耳底。如今，他将对谁去说上一声："我回来啦！"

武男浮想联翩。一日去横须贺，顺道到逗子，向那幢别墅惘然走去，发现大门紧闭。心想，是回东京了吧？他边难过，边从后门走进，只见一位老头儿在院中拔草。

2

武男进院的脚步声，惊动老头儿回过头来。

一搭眼他就略带惊讶的表情，择下缠头布躬身施礼。

"啊，您来啦！老爷，您是几时回来的？"

"两三天前回来的。你还是那么硬朗，好哇！"

"谢谢！唉，我压根儿就不行啦！多亏老爷照顾。"

"怎么？老爷子，你看家好久了吗？"

“噢，是这样，到上月，太太……噢，小姐……病夫人和几妈来过。其后，就由我老头子看门。”

“那么，她们是上个月回了东京的……还在东京？”武男自言自语地说。

“是的。中将阁下还在清国，没回国之前，夫人回东京的。噢，听说和中将阁下一同去京都，还没有回东京哩。”

“京都？那么，病好啦？”武男又在自言自语。

“几时去的？”

“四五天前……”刚说到这，老头儿想起他二人的关系，担心话说得过头，便立刻住口了。武男察觉，不由得满面绯红。

二人相对，沉默片刻，老头儿又觉得武男怪可怜的。

“老爷！您开开门，我去斟茶，就在这儿歇了吧！”

“别，不要管我，我是路过顺便来的。”武男说罢，将曾经来过的屋内巡视了一番，的确是有看家人就不凌乱。但是，门窗关闭，洗手钵里没有水，院里的绿叶茂茂密密，处处梅子落地，绿茵茵的草坪中迟开的蔷薇花大半落英，幽香盈庭。到处都没有人声，只有屋后的松蝉在喧嚣。

武男和老头儿匆匆告别，垂头丧气地走去。

过了五六天，武男又离家，踏上遥远的南征之途。在家旬余，其他同事又是庆祝凯旋，又是举办欢迎会，都在欢腾中度过假期，而武男却打发着无聊的日夜。远在天边时非常怀念的家，归来一瞧却意外地令人郁郁寡欢，他终于没能得到足以填补内心空虚的任何东西。

母亲也明明知道，痛苦思绪自然流露在话里话外。武男也知道母亲了解自己的心情，每当相对交谈时，总觉得有点什么隔在中间。虽然母子感情没有像从前那么破裂，但是一年后的今天，却和母亲比从前更加疏远，他感到遗憾，并且越来越疏远，又毫无办法。

本应在横须贺搭船，但因临出发时出了点事，耽搁一天，武男便改在吴港登船。六月十日，他孑然孤影，登上了东海列车。

八、紫手帕

1

一行三人，正从宇治的黄檗山走来。年约五十多岁的胖绅士，身穿西装，手拿金头手杖；二十多岁的淑女，打着墨缎阳伞，身后有一位五十多岁的女人，像是女仆，拎着提包，紧紧跟随。

三人前来的同时，等在门前的三辆车辘辘响来。老绅士回顾淑女说：

“真是好天气。步行一会儿好吗？”

“走吧！”

“不累吗？”女仆插嘴说。

“可以，还是稍微走几步的好。”

“那就累了再坐。啊，悠闲的漫步也蛮好嘛！”

三辆车随在后面，三人开始缓缓移步了。毋须说，这是片冈中将一行。昨天从奈良到宇治下榻，参观了平等院，凭吊了扇子草坪①的遗迹；今天是从山科车站奔向大泽。

① 日本天台、净土二宗的寺院，位于京都。院内有一草坪，当年源赖政（1104—1180）与平家战败，在此铺扇端坐后自刎，因得名扇子草坪。

片冈中将是五月自辽东凯旋而归。曾邀浪子的主治医整日密谈，第三天便陪浪子、幸几妈飘然来到京都。选中一个恬静的滨水旅馆定为根据地，脱下戎装，换上民服，避开人目，谢绝公开会议的邀请，每天只顾携着浪子，由着她的性，游览以博览会为首的胜地古刹，去阪西购丝绸，去清水买土产，游览兴尽时，已逝去了旬日余。社会上一时不知片冈中将的下落，只浪子独占父亲的心。父亲说：

“走出黄檗，采日本茶去！”

虽然采茶旺季已过，但是，风儿时时将焙炉溢出的清香传送，处处可见采二遍茶的女人身影。茶树的空隙中麦子熟得金黄，听得见沙沙的刈麦声。举目望去，和州山远，碧霭濛濛；宇治川上运送麦穗的白帆飘飘摇摇。前方只见屋顶的村落，金鸡午啼，声声悠然，从原野传来。仰望长空，焦急得成了淡紫色的云层轻轻荡漾。浪子叹息起来。

忽有两名像是夫妻的农民边走边谈，从左侧的田间小路走来。大约是吃过了午饭就到田地去。男的腰上别着镰刀，女的头扎白巾，牙齿染污，手提个大茶壶。刚一见面就站住。女人频频观察一行三人的模样，疾步追赶已经走过去的男人，嘁嘁喳喳地说些什么。于是，二人都回过头来，女人露出染得美丽的牙齿微笑，又说说唠唠，走进蔷薇花盛开的田埂。

浪子的目光追了上去，竹笋草帽和白毛巾渐渐没入麦黄之中。少顷，连人影也不见。忽然，田间远处，响起歌声：

郎是名牌刀哟，
妹是生锈的刀；
郎能断，
妹也断[①]不了哟！

歌声凄凄切切，传遍田野。

浪子垂下头。

中将回过头来说：

“累了吧？喂……”说着，挽起浪子的手。

2

“岁月真快呀！阿浪，还记得吗？你小的时候，常叫爸爸背着，咚咚地踢爸爸的侧腹。是啊，那时候你才五六

① 断字是谐音，字面表示好刀能切断，锈刀砍不断；而意在于郎情断，妹也断不了情。

岁吧。”

“啊，嗬嗬嗬……是的呀！中将阁下一背起大小姐，那个小姐就连哭带闹……可如今，说不定她也不知怎么羡慕哪！”几妈轻松地随声附和。

浪子只是凄凉地微微一笑。

“阿驹吗？为了致歉，给她多带些礼物去。是吧？阿浪。比起阿驹，倒是千鹤子更加向往吧！她曾说过，很想来这儿一次。”

“是呀！倘若加藤家的小姐一来，该多么热闹啊……可真是，像我这号人，能够欣赏这么好的美景……这，怎么说好呢。刚才渡过的河叫宇治川，是萤火虫的名地。是那个驹泽，和他的情人深雪相会的地方吧？”

“哈哈……几妈是个了不起的学者呀……噢，人世沧桑，真是莫测呀！爸爸我年轻的时候，从大阪到京都，总是坐那种小船，挤得像塞生鱼片似的。这还不算，爸爸我二十岁那年，将大西乡、有村、海江田和月照和尚①押解到大阪之

① 幕末勤皇派，幕府忌之，后跳水自杀。

后，因有要事，我随后赶去。临行匆匆，囊中未带分文。终于蒙上一块头布，光着脚（那是夜间），从伏见至大阪，在河堤上奔跑。哈哈……热吧？阿浪，过累可不行。再坐会儿车好吗？”

几妈招手，呼叫落后的人力车。车子哐啷啷地拉来了，三人登上。

“喂，慢些走呀！”

车子缓缓地穿过麦田，穿过茶园，向山科车站走去。

父亲走在前，浪子注视他颈项中的白发，陷入沉思：与丈夫分手，又患不治之症，此行同游，不知是喜，还是悲。对于人世，既无希望，也无快乐，只是等待着即将来临的死亡。如果说此身不幸，那么，担忧此身不幸的父亲，其心情也便不难理解。浪子虽然心里在想父亲无边的爱；但是，此身只有接受父亲的安慰，却无由慰藉父亲，她为此而悲伤。此时此刻，忘却尘世，离开人寰，只有父女二人，依依嬉戏。索性回到孩童时期，主动游山玩水，选一件十分华丽的清国丝绸衣裳。它对于行将消亡的衰弱之身已经不再需要，是为了最后送给妹妹留念。

浪子可怜父亲，又思念武男。只听说他在旅顺救了父亲，其后便音讯杳杳。即使魂伴梦晤，而他如今安在？盼望重逢，盼望一度重逢，盼望活着能够见上一面，只求一次。适才听到的山歌不合时宜地响在耳鼓，一对农民夫妇亲昵交谈的面影又浮现在眼前。那夫妻布衣而乐；而这裹着忧愁的棉衣长袖，倒叫她怨恨……

浪子用手帕捂住涌出的泪水，咬紧嘴唇，以便忍住哭声，偏又引起一阵阵咳嗽。

中将忧心地回头。浪子勉强装点着笑容说：

“已经好了。”

到达山科车站，乘上东行列车，一等车厢里别无他人。浪子坐在打开的车窗旁，父亲坐在她的对面摊开了报纸。

刚好开往神户的列车自东而来，喷着浓烟，震响大地，恰好和将要开出的这列火车并立。那趟列车传来了车门开关声，铁路员工踏向月台上的砂砾，喊叫道：“山科，山科！”声音从远处传来。同时，这趟列车汽笛长鸣，徐徐移动。浪子坐在打开的车窗下，不由得向开出的列车看去。当二等车厢开来时，和在车窗下身着西装，拄着双腮的男子打了个照面。

“啊，是您？”

“喂！浪子！”

正是武男。

列车驰去了。浪子发疯似的将身子探到车窗外，把手里的深紫色手帕抛了出去。

“危险呀，小姐！”几妈扑过来慌忙拉住浪子的衣袖。中将手里还拿着报纸，也立刻起身，向窗外望去。

列车走了十米、二十米……浪子身子探得几乎掉了下去，又回过身来，只见武男疯狂地挥舞着那条手帕在呼唤。

忽然路轨转过山脚。两地车窗之外，惟有青山。但闻汽笛鸣响，犹如布帛断裂之声。那列车正向西方飞驰。

浪子捂着脸，伏在父亲的膝上。

九、七夕诀

1

七月七日黄昏，片冈中将府众人齐集，无不喊喊低语。浪子小姐已处于弥留之际。

京洛之游，本拟月余，但上月下旬，父女突然归来。当时，出门迎接者虽非医生，也不能不疑心浪子的病情发展得十分严重。果然，医生一经诊察，不由得变了脸色。一个月，突然添病，并且发现心脏有了明显的病变。从此，片冈府深夜也不断灯火，医生来往频频，就连片冈夫人，原定月末去避暑，也只得暂缓此行了。

名医妙术也一筹莫展，几妈的日夜祷告也不见灵效，病情一天比一天沉重。多次咯血，其间又引起心脏痉挛；剧烈疼痛之后，大多是神志怔忡，口出梦呓，逐渐衰弱，日甚一日。中将听那咳声，连夜不寐，每当来到枕边，浪子便微微一笑，不顾呼吸困难，清晰地谈吐。但不久就昏昏沉沉，不断地呼唤着武男的名字。

“今天危险！”在医生格外告危的那日傍晚，各个房间，普遍掌灯，都不高声讲话，静悄得恍如废墟。刚刚皮下注射完毕，浪子安静了一会儿。这时，从独屋沿着檐廊走来两名妇女，坐在小客室的椅子上，一名是加藤子爵夫人，另一名是曾在不动明王祠救过浪子的老妇，自从去年暮秋别来，已经久未重逢，是浪子恳求父亲，才差人请来的。

“多蒙盛情，谢谢。外甥女总是叨念：一定要前去当面致谢……现在，她总算遂了心愿吧！”加藤子爵夫人简短地说了几句。

老妇仿佛无言以对，只是叹息，低下了头。片刻，她低声问：

“那么，他到哪儿去啦？”

“听说去了台湾。”

“台湾！”老妇又是一阵叹息。加藤子爵夫人用很大力气才抑制住涌起的眼泪。

“假如不是这样，他是那么思念着浪子，无论如何也会顾及情面，会来探望的吧！并且，也会叫他请个假的。怎奈他昨天或今天刚到台湾，又与别处不同，是坐在军舰上……”

这时，片冈夫人进门，身后哭肿了眼皮的千鹤子大步跑来，呼喊着妈妈。

2

天黑了。去年夏天新盖的十六平米厢房，蜡烛洒下微光，放着一张大床，浪子躺在雪白的褥单上，闭上了眼睛。

病将两载，一瘦再瘦，已经是皮包骨了。苍白的面庞更加透明；只有黑发，还和从前一样乌光照人，却梳理得很长，垂在枕上。枕边一名白衣护士，不时地用毛笔蘸着和冰的药性葡萄酒润湿浪子的嘴唇。这一边，几妈低头跺脚，和护士一样，眼窝塌了，腮边陷了。室内寂寂，只听浪子的呼吸声忽而短促，愈来愈弱。

浪子突然长出一口气，睁开眼睛，吐出微微的声音：

"姨妈呢？"

"来啦。"加藤子爵夫人边说，边轻轻地走进门来。将护士让坐的椅子，再靠近一些病床。

"睡了一会儿吗……什么？是呀，那么……"她回头看看护士和几妈说：

"请到那屋去一会儿。"她赶去三人，又将座椅靠得更近些，掠起浪子垂在额上的鬓发，深情地注视着她的脸；浪子也在瞧着姨母。

不多时，浪子叹息一声，同时伸出颤抖的手，从枕下取出一封封口的书信。

“我死后，把这封信交给他。”

加藤子爵夫人边给浪子拭去扑簌簌的泪，又为自己拭去眼镜后滴下的滔滔泪水，立刻将书信收在怀里。

“交给他，一定亲自交到武男的手里。”

“还有，这个戒指……”

浪子将右手搭在姨母的膝上，只见第四个手指上有个戒指璀璨耀眼。那是前年春新婚时武男所赠。去年分手时，本来属于武男家的物品一律退回，惟独此物，心甚爱之，不忍离开。

“把这个……拿去……”

加藤夫人抑制着又一次滔滔涌出的泪水，只是点头。浪子闭上了眼睛。隔了一会儿，又睁开眼睛：

“他，怎么……样了？”

“武男已经到了台湾，一定是事事挂牵着你哪！倘如他离得近，无论如何也……你父亲也曾这么说过……阿浪，你的深情，我一定转达……书信也会准确无误地交到。”

浪子唇间浮起淡淡的微笑，已经失去血色的两腮忽而泛起红晕。她心潮激荡，滚烫的热泪涓涓如流，呼吸紧迫。

“啊，难受，难受，再也不……生为女人……啊，啊……”

浪子皱起眉头，捂着胸口，全身抽搐。加藤夫人边呼唤医生，刚要给浪子含一口药酒，浪子竟倚在加藤夫人的手上，抬起上身，伴随着一阵催命的咳嗽，拧干了肺部，吐出一碗鲜血。然后倒在床上，不省人事。

人们随着医生都进屋了。

3

医生不动声色，叫来护士，采取应急措施。

他打着手势，下令把玻璃窗打开。

凉爽的空气，如同一泓清水，流进室内。一片昏黑的林木后透出微微的光亮，月儿就要出来了。

以父亲片冈中将为首，还有中将夫人、加藤夫人、千鹤子、驹子以及几妈，逐次地环绕着病榻转。清风徐来，拂动着躺在病榻、形同僵尸的浪子乌发。医生频频凝视病人的脸，为她摸脉；站在一旁的护士手里的油灯，火苗忽喇喇地晃动。

过了十分，十五分。寂静的室内忽听有叹息声，浪子的嘴唇在微微翕动。医生亲自给她往口里倒了一匙葡萄酒。又是一声长长的叹息声，响在寂静的室内。

“回去吧！回去吧！啊……母亲，我来了，我来了……啊？怎么？还在这儿？”

浪子忽地睁开眼睛。

恰好月上林梢，射来一缕幽光，照在浪子昏沉的脸上。

医生目示中将后，退到屋角。中将上前握住浪子的手。

“妈妈！”

中将夫人走上前去，为浪子拭泪。浪子拉着继母的手说：

“妈妈……请，原谅我……”

夫人嘴唇抖动，说不出话来，捂着脸走开。加藤夫人劝说哭得死去活来的千鹤子；人们轮流上前和浪子握手，驹子也上前跪在姐姐的床边，抬起颤抖的手。浪子掠着妹妹的额发说：

“阿驹……再见……”说完，上气不接下气。驹子打着哆嗦，往姐姐的唇间点了一匙葡萄酒。浪子又启目巡视。

“小毅一……阿道呢？”

两个孩子听从中将夫人的安排，月初已经避暑去了。浪子点头，有点迷糊。

这时，末席上哭成泪人的几妈忽地起身，用双手将浪子虚弱无力的手握得很紧。

“几妈！”

“啊，啊，大小姐！让几妈也和你一同……”

当把哭倒的几妈稍稍让开后，室内悄然如水。浪子闭口瞑目，死亡的阴影渐渐覆盖在她的脸上。中将又上前：

“阿浪，你没有什么话要说吗……坚强些。”

浪子被难忘的语声唤醒，微启双眸，注视着加藤夫人。夫人握住浪子的手。

“浪子，一切由我担承，放心地到母亲那里去吧！”

一个淡淡的微笑印在浪子的唇上，眼看着她合上了双目，停止了呼吸，宛如酣睡。

洒进来的月光照在她苍白的脸上，微笑依然浮在唇边。然而，浪子长眠了。

三日后，浪子葬于青山。

既然是交游颇广的中将府，前去吊唁者甚多，浪子的同学也有不少人掩泪告别。多少知道些底细的人，看见中将含泪站在棺旁，无不肝肠寸断；即使陌生人，看见老妇几妈拼死拖着棺材边哭边诉，也定会热泪沾襟。

只因亡者曾是妙龄淑女，虽然是夏天，却送来了千姿百态的插花。其中，惟有一个四十多岁穿和式礼服的男子带来的插花，竟被扔出中将府门，因为那插花的名签上写的是：“川岛府。”

十、断肠碑

1

四月已经逝去了多日。

挂霜的南天竹瘦影修长，横卧庭中。午后四时已过，依然继续朦胛的川岛寡妇，从容不迫地开门，来到檐廊，站在洗手钵旁，发现钵里缺水，打着响舌喊：

“阿松……阿竹！”

随着这一声呼喊，一个从院门、一个从檐廊慌忙跑来，惊惶之情，形之于色。

“你们干什么去啦？前几天我不是说过一次吗？这，这儿，看看！”她拿起木勺，在洗水钵里卡卡搔了一气。二人脸色白了。

“还不赶快……”

如响雷炸耳，二人渐渐的面无人色，立刻退下。川岛寡妇一边嘴里嘟囔些什么，一边用送来的水洗手，刚要进屋，另一侍女走来，弯腰施礼。

“什么事？”

"一位姓山木的先生……"话没说完，冷笑与不平各半，已经布满了川岛寡妇那"面积辽阔"的宽脸。老实说，自从去年阿丰逃走，山木也迄未登门。川岛寡妇听说山木去年在战争中获利几万，因此，愈来愈对山木的行径心怀不满。每当训诲仆人们不可忘恩负义时，总是暗暗地举山木为例，而且这习惯到底获得了胜利。

"请他进来！"

少顷，走向客室的山木，他那黑红色的脸不知多少次扬起而又垂下。

"山木先生，少见啦！"

"噢，老太太，很久没来问安，实在对不起。本想一定来拜访，可，战后商业上的事总忙，始终东奔西跑。顶要紧的是您贵体康泰，祝贺！"

"山木先生，听说你战争中发了大财？"

"嘿嘿嘿……哪里……啊，托您的福，总而言之，嘿嘿嘿……"

这时，内宅女仆捧着系了金银色硬绳的各种礼品呈上。"是客人送的。"放在座位的中心，她便退下。

寡妇向座上礼物投去一瞥，略表惬意的微笑挂在脸上。

“这，一宗宗，你也怪可怜的。嘿嘿嘿……”

“哪里。终于，真的，这……噢，忘说啦，武——不，少爷升为大尉，听说颁发了勋章和奖金。老实说，是前天在报纸上看到的。恭喜呀！可现在在哪儿？到佐世保去了吗？”

“小武吗？他昨天回来了。”

“咦？昨天？昨天回来啦？嘿，这，这太好啦。一向可好？”

“还是小孩子性，愁人哪。嘿嘿，今天清早出去，还没回来哪！”

“嗯？是呀！可他一回来，那就放心了。说到放心，片冈阁下也真太可怜。听说浪子确实已经死一百多天了……不过，那种病无论如何也毫无办法。老太太，您真有卓见！”

川岛寡妇绷起脸。

“她的事，我也为难。花钱，和儿子吵架，结果还落了个‘老刁婆’的恶名。真是个不上算的媳妇啊，山木先生！这还不算，听说她死啦，派田崎去吊唁，送上插花，他们不仅不以礼相待，而且给扔了出来。这太失礼了吧，山木先生？”

听说浪子病故时，川岛寡妇的确心里也并不好受。可是，当送上的花环被不由分说地抛出时，她万念俱灰，只有苦涩。

“唉，这……这有点过分啦，噢，老太太……”女仆送来一碗茶，山木润湿油亮的嘴唇说：

“自从去年，长时间蒙您照看，不过，最近阿丰已经出嫁……”

“阿丰出嫁了……这……对象是……？”

“对象是一位法学士，目前在通商省[1]做××科长，您知道吧？就是叫××的那个人。对千千岩也有过照顾……噢，提起千千岩，真可怜。还那么年轻，太可惜啦。”

一丝阴云从川岛寡妇的前额掠过。

“战争是令人讨厌的，山木先生，那么，婚礼是哪一天？”

---

① 相当于商业部。

“太仓促，定为大后天。老太太，请您拨冗赏光呀……若是说川岛夫人前来就坐，嘿嘿……小的们脸上增光哟！请一定……到时候内人会请您。现在正在忙乱……武……噢，少爷也……”

川岛寡妇点点头。这时，她回头看了一眼时钟敲过五点，说：

“啊，已经五点钟啦。天真短。小武怎么啦?”

2

一名海军军官，自青山南町来到公共墓地。时值新赏节①，天空一碧无垠，午后的阳光洒满了墓地。秋风扫落了依然红光照人的樱叶，开在隔墙竹篱上的山茶花散发着幽香，烟雾袅袅处，微微听得见小鸟的啼声。奔往笄街的人力车刚刚过去，轮声隐隐，终于消逝。这，又平添了一缕凄凉。只有远方轰鸣的城市喧嚣与这里的寂寥和声，交织着那里的现实和这里的梦幻，一并奏出人生的悲欢曲。

树篱空隙中恍惚看见人影。少许，走来一名二十七八岁

① 日本每年十一月二十三日天皇向天、地神祇献上新收的稻谷品尝，定为节日之日。

的妇女，两眼通红，拉着一个穿海军服的七岁小儿子的手，和那个海军军官擦肩而过。走过五六步时，听那孩子说：

“妈妈，那位叔叔也是海军。”

妇人用手帕捂住脸走了过去。而海军军官什么也没注意，似乎在寻路，频频驻步，察看新的墓碑。忽然到了松樱交错的一块茔地之前。他点了点头，站住。他动了一下小墙的门栓，门儿应手而开，正面有多年的墓塔。军官进门后巡视，来到一旁的另一座新墓点了点头站定。松枝在墓碑上撑起了翠盖，红里透黄的点点樱叶环绕，在四周新建的塔形木牌簇拥着守护坟墓。墓碑上鲜明地写着：“片冈浪子之墓”六个大字。海军军官看了一眼墓碑，像块岩石似的站住不动。

好久，他终于嘴唇颤动，呜咽使他露出了咬紧的牙关。

武男是昨天回来的。

他们五个月前在山科车站重逢，今日竟与墓碑下长眠的人相见。他在进攻台湾的舰上接到加藤夫人的书信，知道浪子已不在人世。昨天回来，今天便拜访加藤夫人。听了介绍，直到过午，肝肠寸断，又来到了这里。

武男站在墓碑前，神驰魂断，哭了很久。

三年间的往事，一宗宗浮现在泪雨之中。新婚之日，伊香保之游，明王祠畔的誓言，逗子别墅告别之夜，最后在山科相见，一切如同闪电，依次闪现。“早点回来呀！”言犹在耳；但是，一旦归来，人已不再是妻子；今天再次归来，她已辞别人间了。

“啊，浪子！为什么死了啊！”他不由得口里叨念，又是一阵泪如泉涌。

一阵风从头掠过，樱叶翻飞，哗啦啦地敲打着墓碑。武男忽然察觉，擦干了泪，走到墓碑的下边，将花瓶中有些枯萎了的花朵拔掉，将带来的白菊花插上，亲手扫掉落叶，从怀里掏出一封书信。

这是浪子的绝笔，真不知今天从加藤夫人手里接过捧读时心情如何。武男将书信展开，只见她擅写字母的娟秀笔迹已经不存，留在纸上的竟然是字颤墨抖，泪痕斑斑。

料我已不久于人世，特一纸留念。今生已再无重会之时。然而，苍天垂怜，前此竟意外相逢，不胜欣喜。而车上情景，极不遂愿，实为遗憾之至。

武男想起那时的情景：他倚着车窗，全身痛楚得抖动。浪子抛来淡紫色的手帕，一切都历历在目。他抬起头来，面前却只有墓碑。

人世坎坷，命途多舛；但我并不怨恨，只求此身化为泥土，留取心魂，永侍枕畔。

“爸爸，有人来啦。”清澈的童声响在耳际。接着又是同样的童声叫道：

“爸爸，是川岛哥。”一个手拿鲜花的十余岁儿童跑到武男身旁。

武男一惊，还拿着浪子的绝命书，拭罢泪，一回头，恰好和站在墓门的片冈中将面面相对。

武男低下了头。突然感到自己的手被握紧了，一看，正和眼含泪水的片冈中将视线相遇。

“武男君，我也苦极了！”

他们拉着手，眼泪点点滴滴，洒在碑下。

过了一会儿，中将擦了泪，拍拍武男的肩膀说：

“武男君！浪子虽死，我依然是你的老子。希望你坚强些……前途远大呀……啊，久别了。武男君！一同走吧，听你讲讲台湾的故事！”

岩波文库《不如归》后记

德富爱子

小说《不如归》，明治三十一年秋发表于《国民新闻》。当时各阶层都以极大的激动心情表示欢迎。从此，不知不觉已经逝去四十个春秋。

关于这部小说的来历，如同作者本人在卷首所述：以我们湘南临时住所中一位妇女夏夜的一夕之谈为基础，以我们初次旅游中观感新奇的伊香保作为武男和浪子新婚的舞台，用在逗子岸边弄波的美丽贝壳——漂亮、可怜的“浪子”作为小说女主人公的名字。执笔之初，作者本想即兴驱笔，但随着内容增多，场面加阔，不知不觉，他本人也被扯了进去。他在二十多岁时体尝过苦恋创痛，竟也不知不觉地溶解在作品之中。也许他意识到了这一点，笔在稿纸上欢快地运行，可以不必揣摩模特的真面目如何，只要借助《不如归》抒发自己的情怀便是。然而，想象力翱翔于天上人间，不断抽出爱的情丝进行编织，好像隐去了近乎真实的故事经纬。但后来听到的真实故事，竟和小说情节相符之处甚多，这，使我震惊。

蹊跷的是浪子和我倒也不无瓜葛。明治二十三年，我在茶水女子高师读书，一天，明治天皇行幸于赤坂青山的大山元帅[1]府——当时是中将府，为瞻仰御座遗迹，第二天，我校舍监、即大山中将夫人的令姊山川双叶夫人，曾率领我们同去拜谒将军府。在那朝夕仰望富士峰巅的高地上，有一幢绿树环抱的西式建筑。我们被引进了二楼，缅怀扁柏木制“能”舞台前日的庄严场面，在昂贵花朵竞郁斗美的雪白长桌，用茶点招待我们一行。当时有一位穿长袖和服的小姐，年约豆蔻芳龄，请她吃了当时最珍贵的香蕉。哪知就是这位小姐，便是我们后来书中的“浪子”！

芦花二十一岁，在故乡熊本英语学校任教。那时，他曾在传阅刊物《文海思藻》上发表一篇同情女性的文章，结尾说：

> 妇女的心，是悲伤的库，痛苦的家。她不敢倾诉悲愁，但那深深藏在内心的哀思，宛如蔷薇花蕊里的

① 大山岩，日清战争中任第二军司令官。

小虫，啮尽了女人的红颜。你们是悲伤的万斛之泉，有谁饮这泉水，一同流泪啊！

十年后，芦花三十一岁，偶尔写了浪子的故事，可以说他自己写的上述文章，又由他自己来作答了吧！那化为唱针，在作者满腹情怀的唱片上奏出血泪之歌的，正是浪子。

前此关于《不如归》，曾内部召开了重新讨论的座谈会。当时有种种评价，例如："本以为自己泪泉已枯，但日久重读，又痛哭一场。该作通篇都是优美的诗。""堪称文字的音乐。""戏剧和影片传达不出原文的诗的芳香，因此，曲解了作者的感怀。""提起《不如归》，会这么想：'啊，就是那个浪子呀'，有使读者草草浏览之嫌。"……固然，时代推移，思潮在变，但只要人情不废，则清纯之泪，会永远净化人们的灵魂、抚慰沉沦者的心吧！

前此曾以本文为《不如归》的定稿，由岩波书店出版，我很高兴。今番，《不如归》又被列入囊括世界古今著作精华，树立日本新文化文明基础的岩波文库之中，对此，感到由衷的高兴。

最后，万分殷切地希望这部小说的读者，避免先入之见，虚心体味本书独有的韵味。

昭和戊寅春

于白梅飘香的恒春园